てっぺん

幕末繁盛記

井川香四郎

祥伝社文庫

目次

第一章　山が鳴く　5
第二章　金毘羅船《こんぴらぶね》　69
第三章　なにわの華　135
第四章　どあほ番頭　207

第一章　山が鳴く

一

瀬戸《せと》の海から見ると、巨《おお》きな屏風《びょうぶ》のように聳《そび》える四国《しこく》山脈の雄大な峰々は、白い残雪に覆《おお》われていた。

主峰の石鎚山《いしづちさん》とそれに連なる法皇《ほうおう》山脈は晴天の下で、青々と繁っている。分け入っても深い樹木に覆われている山の奥に、突如、地肌が剝《む》き出しの禿《は》げ山が現れる。

土佐《とさ》との国境《くにざかい》にあるこの深い渓谷には古くは山城川《やましろがわ》と呼ばれた銅山川《どうざんがわ》が流れており、その遥か先は阿波《あわ》の吉野川《よしのがわ》に繫がっている。海抜三千八百尺（一一五一メートル）にある、この急峻な川沿いの山肌に張りつくようにある〝すり鉢状〟の集落には、粗末な屋根の小屋が並んでおり、炭焼きや銅吹きの煙が山路《やまじ》風になびいていた。別子《べっし》銅山で働く採鉱夫や運搬夫、熔錬夫《ようれんふ》、選鉱婦、雑役夫らとその親兄弟ら三千数百人が、まさに身を寄せ合って暮らしているのだ。

鉄次郎《てつじろう》は、この山村で生まれ育ち、掘子《ほりこ》になって五年。天保《てんぽう》六年（一八三五）生まれだから二十歳《はたち》になったばかりだが、がっちりとした大きな体、生まれ持った根性のせいか、文句のひとつも言わず、黙々と働いていた。

掘子と呼ばれる採鉱夫は、元禄《げんろく》四年（一六九一）から採掘されはじめた別子銅山の間符《まぶ》と呼ばれる坑道の中で、鑿《のみ》と鎚《つち》と玄翁《げんのう》だけを使って掘り進める。幅が二尺（六〇センチ）で高さが三尺（九〇センチ）という窮屈な岩の中を、サザエの殻《から》に鯨油《げいゆ》を入れた螺灯《らとう》の薄あかりだけを頼りに作業をするのだ。鉄次郎のような体格だと坑道はさらにきつく感じた。

喋《しゃべ》る者は誰もおらず、鑿で岩盤を叩く音と、木や竹を繋いで〝ポンプ〟のように水揚げをする仕掛けの音だけが響いている。粉塵《ふんじん》が舞う中で、たまに咳払《せきばら》いが聞こえるだけである。

採掘された鉱石は、〝葛《くず》〟でできた背負い籠《かご》で運び出す。黒襟の作業衣に足中《あしなか》という短めの草履《ぞうり》を履いて、急な坑道を上がり下がりする。

坑道はわずか二尺三尺であっても、〝銀切《かなきり》〟という急勾配で掘り下げる方法なので、丁度、階段の登り降りのように、人の出入りは容易になる。この掘削術を、〝二三の銀切〟という。しかし、〝犬下《さが》り掘〟と呼ばれる古来の掘り方よりは、荷物の運搬がしにくいから、鉱夫は苦労を強いられた。

もっとも、古来の坑道よりも、〝銀切〟の方が水捌《みずは》けがよい分、採掘作業は多少は楽だったようだ。そうはいっても、昼夜、一刻《いっとき》（二時間）ずつ、二刻《ふたとき》（四時間）くらいが仕事の限界だった。六人一組となって、〃一二三の銀切〃で岩盤を掘っていくのだが、十日で三尺から四尺（一二〇センチ）は掘り進めることができた。

――十日で、三尺か四尺――。

まさに尺取り虫よりも遅い仕事だ。気が遠くなりそうな作業である。

それゆえ、採鉱夫になる者は、坑道に入る前に、何十日も外で岩石を壊す稽古を積まねばならぬ。急がずに丁寧に掘るためには、胆力《たんりょく》を養わねばならない。技術もさることながら、精神力が必要なのであろう。

修業を重ねた末、山留《やまどめ》という坑夫頭に認められて、ようやく銅山《やま》の中に入ることができる。それでも、狭くて薄暗い中で、一定の姿勢で正確に鉱石を掘り続けるのは職人技で、なかなか習得できるものではなかった。

しかも、過酷な労働である。ひとりの失敗が坑道内で働く大勢の人々の命を危うくすることすらある。一瞬たりとも気を緩めることなく鑿を打ち続ける採鉱夫たちは、銅山の中において、まさに男の中の男だった。銅山に生まれ育った者ならば、

――いつかは一端《いっぱし》の山留になる。

というのが夢だった。

鉄次郎もそう思っていたし、周りの者たちも、期待していた。朗《ほが》らかで鷹揚《おうよう》な性格の鉄次郎ならば、立派な山の男となるに違いないと、親兄弟はもちろん、仕事仲間や竹馬の友たちも誰もが思っていた。

むろん、山留は望んでなれるわけではない。採鉱の術が優れているのは当然のことで、万が一の危難に対して冷静に判断して次善の策を立てることができ、人柄も山に生きる者たちから全幅の信頼を得ている者でなくてはなれなかった。つまりは、周りの人間が御輿《みこし》のように担ぎ上げるのである。

しかも、廻切夫《まわりきりふ》、横番《よこばん》、水引《みずひき》、負夫《おいふ》、手互《てご》など坑内の大勢の人夫たちを統括しなければならない。

他にも、採掘された鉱石を粉砕、選鉱する砕女《かなめ》たちや、鉱石を焼いて、銅と硫黄《いおう》に分ける〝かまど焼き〟から、銅の品質を良くする〝ふいご〟などにも通じていなければならない。さらには仲持《なかもち》という粗銅《あらどう》の運搬人や棹銅《さおどう》を作る職人などとも意気が通じていることが大切だった。

今日も坑道の最先端で、つまり一番奥で、十歳程年上の山留である源三《げんぞう》とともに鑿をふるっていた鉄次郎は、

——おや……。

と首を傾げていた。朝、坑道《なか》に入ってから、ふたりとも何となく異変を感じていたのである。

「山が鳴いとるのう……聞こえるか」

源三は細身ではあるが鋼《はがね》のような体つきで、ずんぐりむっくりの鉄次郎とは見た目がまったく違う。キレのある源三と並ぶと、鉄次郎はどうも鈍臭《どんくさ》そうに見える。

「ああ、ほんまじゃ。儂《わし》も今朝一番に鏨を入れたときから感じよった」

鉄次郎が答えると、源三は鎚を握る手を緩めて、肩を震《ふる》わせた。わずかばかり不安な表情になって、坑道の背後を見上げた。

水揚げ人夫たちは調子よく、しかし淡々と作業をしている。数百挺《ちょう》も繋いだ箱樋《はこどい》を通して地上に水を吐き出すのだが、一漕ぎで五升（九リットル）程しか出ないので、一刻の間に、二千回くらい、せっせと〝ポンプ〟を押すことになる。そのたびに水箱に吸い上げられる水音がぴちゃぴちゃと聞こえるのだが、鉄次郎と源三が耳にしているのは別の水音だった。

鉱山には岩盤から洩《も》れる水がつきものである。しかし、ふたりは、いつもと違う水の流れを感じていた。

「どや、この岩の湿り具合……ちょっと冷とうないか」

源三が女の柔肌に触《ふ》れるような手つきで岩に触れると、鉄次郎も掌《てのひら》をあてがって、

「ああ。よう吸いつきよる。『桃源《とうげん》』のお玉《たま》ちゃんみたいじゃわい」

女郎の話である。

「こら、鉄。おまえに女が分かるンかや。おみなに言うたるぞ」

おみなとは源三の歳の離れた妹で、銅山で一番の別嬪《べっぴん》である。鉄次郎から見れば、ひとつ年上だが、幼い頃から密かに恋い焦《こ》がれていた。だが、いずれ銅山の偉い人の嫁さんになる高嶺《たかね》の花であるし、誰もが憧れていたから、半人前の鉄次郎は遠目に見ているだけであった。

「か、勘弁して下さい、源兄《に》イ。儂は別に何も……」

「隠すな、隠すな。あいつは実の兄の俺が見ても、えらい別嬪じゃわい」

と源三は笑って、

「そやけど、暢気《のんき》なこと言うてる場合じゃないかもしれんぞ。見てみい……じわじわ染み出てきよった。水揚げが頑張っても、なかなか減らんはずじゃ」

「ああ……」

「この一月余り、雨がよう降りよったしのう。このままじゃったら、大昔の鉄砲水《てっぽうみず》み

たいになるかもしれん」

不安げな声になった源三は、決意をしたように腰を上げた。

「掘り方やめい！　皆の衆、山が鳴きよる！　大事に至る前に表に出ろ！　ええな！」

と声をかけた。

掘子たちは一斉に鑿を打つのをやめて、腰を上げようとしたが、慣れた仕事とはいえ、急に立ち上がるのは体に負担がかかる。ゆっくりと筋を解《ほぐ》すように這《は》い上がろうとしたそのときである。

ガガッと異様な音がして、源三の足下あたりから水が溢《あふ》れ出してきた。

赤い色の土の混じったものだった。澄んだ水ならばよいが、濁《にご》り水は危険である。炭坑と違って銅坑は地盤がしっかりしているため、崩れることはめったにないが、逆に言えば、あっという間に水が溜まることになる。

赤茶けた水を見た鉄次郎は、大声を発した。

「急がんか！　水が溢れてくるぞ！」

狭くて急な坂道の坑道を、掘子たちは這うように登りはじめた。

元禄年間に採掘されはじめてから百数十年掘り続けて、七町（七六〇メートル）ばかりの長さがあるから、出入りするだけでも一苦労である。ましてや背後からは水が迫ってくるという危難が押し寄せて、薄暗い坑道内は俄《にわか》にざわめきはじめた。元禄年間に起こった大火事や水害のことが脳裏をよぎったからである。近くは文政《ぶんせい》八年（一八二五）の地震により湧き水に坑道が沈む事故もあった。

ほとんど誰も経験はしていない。先祖から言い伝えられてきただけだが、まもなく明治《めいじ》になるという安政《あんせい》時代にあっても、その当時の地獄のような様子は語り継がれており、坑内にはその爪痕《つめあと》も残っている。

慌てているせいか、誰かの体が螺灯に当たり、次々と転がり落ちて、あっという間に暗闇となった。だが、めざす地上はただの一本道である。坑内のあちこちで鎚をふるっていた何百人という掘子たちが、どんどんと外の明かりが差し込む出口に向かった。

だが、それよりも早く水位が増してくる。狭い坑道ゆえ、管に吸い上げられるように上昇してきた。

「うわッ……！」

源三の体が次第に沈むように見えた。〝しんがり〟役として、なんとか水が溢れるのを食い止めるために、わざと鎚で岩盤を割っていたが、その程度で治まる勢いではなかった。そんな様子を見ながら、鉄次郎は上に連なる掘子仲間に叫んだ。

「急げえ！　源兄イが溺《おぼ》れてしまうぞ！　早《はよ》うせえ！」

その鉄次郎の足下にも冷たい水が触れた。思わず振り返ったとき、ずるっと足を滑《すべ》らせた源三が泥水の中に消えた。

「ああッ。源兄イ！」

鉄次郎は身をよじって、手を差し伸べたが、暗くて見えない。手探りで源三の体を探したが、触れることはなかった。

「源兄イ！　おおい、源兄イ！」

思わず後ずさりをしながら、水に浸かった鉄次郎はなおも探ろうとしたが、氷のように冷たい水に入るだけで気を失いそうだった。

「何をしとるんぞ、鉄次郎！　早う上がって来んかい！」

「でも、源兄イが！　兄イがッ！」

岩と岩の間を、鉄次郎の声がこだまする。

すると、上から縄が投げられた。それには石の錘《おもり》がついていて、水の中に投げ込めば、源三が摑《つか》むかもしれぬ。それを引き上げるのだ。鉄次郎は下半身が水に浸かりながらも、錘のついた縄を水中に沈めた。

しばらくすると、ぐいっと引かれた。

――源兄イはまだ生きている。

馬鹿力を出して、必死に綱を引きながら、

「死ぬなよ、源兄イ……しっかり摑んで這い上がって来い。頑張れ、源兄イ！」

と叫び続けた。だが、ぶくぶくと気泡が上がってきたと同時に、綱が引かれる感覚がなくなり、重みがすうっと消えた。

「あ、ああ……」

思わず水の中に潜った鉄次郎も、ずるずると沈んでいったが、あまりの水の冷たさに心の臓が縮んだようだった。そして、一瞬のうちに気が遠くなった。

二

源三の溺死体《できしたい》が運び上げられたのは、翌日のことだった。

水が引いてから、掘子たちが担ぎ上げたのである。亡骸《なきがら》は村の寄合所に置かれ、山寺の僧侶が来て経を上げた。そして、通夜と葬儀を済ませてから、銅山のしきたりどおり、茶毘《だび》に付した。

他の掘子に助けられ、一命をとりとめた鉄次郎は、葬儀の間中、ずっとひとりでぼうっとしていた。だが、誰も声をかけることはなかった。ただ、背中や肩を軽く叩いていった。

——自分のせいで源三が死んだ。

と思い込んでいる鉄次郎の気持ちを、誰もが察していたからである。

ひとりの人間が死んだのが嘘のように、空は真っ青に晴れ渡っている。銅山越えの頂も何事もなかったかのように、集落を見下ろしていた。

動かぬ山から見れば、銅山の中で鉱石を掘って運び出す作業は、まるで蟻《あり》の仕事のようなものかもしれぬ。その蟻が一生を費やして掘り出したものなど、大きな自然の中では、たかが知れているのかもしれない。

だが、ここから生み出された銅によって、世の中は富を得て、人々の暮らしに役立っているのだ。その誇りを胸に抱いて、鉄次郎は源三のような山留になるのが夢だった。源三は、まさに銅山とともに生きてきたのである。

——それなのに、あっさり命を奪いやがって……。

鉄次郎は生まれて初めて、銅山を恨んだ。

葬儀を終えて、精進落《しょうじん》としの場になったとき、おみなが鉄次郎の側に座り、酒を勧めた。幼馴染みであり、源三の妹でもあるから、何と声をかけてよいか分からな

い。ただ、

「すまんかった……」

とだけ言って頭を下げた。

「ううん。鉄次郎さんが最後の最後まで、体を張って助けてくれようとしたこと、山のみんなは知ってる」

「……ほじゃけど、救えんかった」

「あなただって死にそうになったんよ。お兄ちゃんが助けてくれた……そう思って、これからも頑張って欲しい。ほら」

酒を勧めるおみなの白い手を見て、鉄次郎はよけいに涙が出てきた。

「慰めなきゃいけんのは、こっちの方なのに……儂《わし》ア、情けないわい」

「仕事を終えたら、いつもよう飲んでたでしょ。今晩もちゃんとつきおうてね。兄ちゃん、朝までやりたいって言いよるよ」

「…………」

鉄次郎はぐいと酒をあおって、深い溜息をついた。

銅山のことを一から教えてくれたのは、源三である。父親の幸吉《こうきち》も山留にまでなった鉱夫だが、ろくに教えてはくれなかった。周りには何百人もの鉱夫がいる。その仕

事ぶりを見て勝手に学べという姿勢だった。はじめは、

——親父の背中を見て育て。

とでも言いたいのであろうと思っていた鉄次郎だが、しだいに尊敬できなくなってきた。それには訳がある。

太っ腹で、手下たちの面倒見がよくて、祝儀不祝儀はもとより、ふだんから大盤振る舞いばかりする幸吉は、稼いだ金をぜんぶ贅沢《ぜいたく》に使ってしまい、家に入れることはほとんどなかった。だから、家はいつもぴいぴいと貧乏鳥《びんぼうがらす》が鳴いており、鉄次郎と兄弟たちは爪《つめ》に火を灯す暮らしぶりだった。

父親はただの見栄っ張りだったのかもしれぬ。それでも、母親のお鶴《つる》は不平不満のひとつも言わずじっと耐えていた。ただ、子供にはひもじい思いをさせたくないから、仲持として働いていたのだ。

背負子《しょいこ》に粗銅を入れた仲持たちは、大坂に運搬する船が来る新居浜浦《にいはまうら》の湊《みなと》まで、数里の道のりを運び、帰りには食料や雑貨を背負って帰ってくるのだ。むろん牛馬も使われたが、険しい坂道は人でないと運べないから、かなりの重労働だ。しかし、仲持には女もかなり多くいて、銅山の運搬人として重要な役目を担っていた。

粗銅とは鉑《はく》と呼ばれる銅鉱石を精錬したものである。一月から一月半かけて焼窯《やきがま》で

作るのだが、その際に発生する〝亜硫酸ガス〟によって草木が枯れたために、禿げ山が広がっているのだ。

その上、焼窯に使う炭の原料は、自生している樹木を伐採したものだから、青々とした山が減ってきていた。いかにも百数十年も続いた銅山である証だった。

「その禿げ山のように、うちのおかんの髪も薄うなった……親父のせいで、余計な苦労をせにゃならんかった……その親父も死んでもう三年……人に奢《おご》る金はあっても、自分の薬代がないんだから話にならんわい」

働き過ぎと酒の飲み過ぎが心の臓や肺を痛めたようだった。

以来、一家を支えるのは次男坊の鉄次郎だった。兄の福太郎《ふくたろう》は〝総領の甚六《じんろく》〟だし、弟の万吉《まんきち》はあてにならず、末妹の千代《ちよ》はまだ働き手にならないほど幼い。鉄次郎としては、なんとしても母親に楽させて、兄弟に人並みの暮らしをさせたかった。

そのために、鉄次郎はせっせと銅山で稼いだ金を貯めて倹約をして、

――親父のような贅沢は敵や。

と思っていた。

この頃は、鉄次郎の稼ぎのおかげで母親も仲持の仕事をせずに済むようになっていたが、それでも銅鉱の善し悪しや大きさを決める選鉱の作業を手伝って、家計の足し

にしていた。しかし、長男の福太郎は親父に似たのか、〃山っ気〃があって、新居浜浦や天満浦《てんまうら》に出かけては、博打《ばくち》や女郎買いをしていた。もちろん金の出所は、母親である。

「福太郎さんに山っ気があるのは、やっぱりご先祖の長兵衛《ちょうべえ》さんの血かねえ……兄ちゃんもよう言いよった」

おみなは慰めるような口調で言ったが、実は鉄次郎も自分の体の中に、同じような〃一か八か〃の賭けをする気性があることは分かっていた。だからこそ、自ら律して、戒《いまし》めていたのである。

「でも、長兵衛さんがいたからこそ、この銅山がある。鉄次郎さんも、誇りに思うてええんじゃない？」

「もちろん、思うとる。ほじゃけん、儂も源三さんのような山留になりたいンじゃ」

切上《きりあ》がり長兵衛——という山師が、鉄次郎の先祖である。山師というのは、〃山っ気〃があるのとは意味が違って、鉱山のすべてを仕切る人物のことである。

元々、立川《たつかわ》銅山で働いていた長兵衛が、〃焼け〃と呼ばれる露頭（鉱床が地表に露出している部分）を発見したのが、別子銅山の始まりだった。元禄三年（一六九〇）のことである。

立川銅山とは、別子銅山からは屛風のような山を隔てた北側にある銅山で、江戸時代初期の寛永《かんえい》年間から営まれていた銅山である。立川は西条藩《さいじょう》領内だが、別子山は幕府支配の天領であった。そこで、大坂泉屋《いずみや》（住友《すみとも》家）は幕府からの依頼を受けて、備中吉岡《びっちゅうよしおか》銅山の支配人であった田向重右衛門《たむかいじゅうえもん》が、長兵衛の案内役として調査をして後、採掘するようになったのである。

この長兵衛という男、別子に移って来てからは、銅山の発見者ということで鼻持ちならぬところがあって、随分と鉱夫仲間から嫌われたらしい。〝切上がり長兵衛〟と異名を持つのは、ふつうは坑道を掘り下げるのを、掘り上げる技術に長《た》けていたからである。

その坑道を仲間に塞《ふさ》がれて、埋め殺されそうになったこともあったが、長兵衛は慌てるどころか、自分で切り上げて生還したという逸話も残っている。

山師としての気概を受け継いでいた鉄次郎は、何がなんでも山の男として生きていくつもりだった。寺子屋では読み書き算盤《そろばん》は学んだが、論語や大学などの文言は馬耳東風《ばじとうふう》だった。学問が嫌いなわけではなかったが、銅鉱を掘ることこそが天職だと思っていたから、鉱石については一生懸命勉強した。そして、銅山の知識や採鉱の技術、山留にふさわしい人柄を備えた源三の隣でもっと学びたかった。だからこそ、よけいに源三の死が悔しくてならない。

「おみなちゃん……儂は、おまえのこと……源兄イに成り代わって、守ってやるけん……もちろん、親父さんやおふくろさんも」

思い切って言ったものの、おみなは曖昧《あいまい》な笑みを浮かべただけだった。そして、ありがとうと呟《つぶや》いたが、長年、寝たきりの父親のことを思ったのか、

「鉄次郎さんには迷惑かけられん……」

と消え入るような声で言った。

「遠慮するな。儂は……儂は……小さい頃から、その……」

「小さい頃から、何？」

「あ、いや……ひとつ年上の女は金《かね》の草鞋を履いて探せというが……ずっと昔から、すぐ近くにおったわけで……」

「…………」

「その、なんちゅうか……」

大男で威風《いふう》堂々としているが、女のことになるとからきし駄目である。鉄次郎がもじもじしていると、ポンと背中を叩かれた。振り返ると、村長《むらおさ》の喜兵衛《きへえ》であった。もう古希《こき》を迎えるが、山を歩き、炭焼きを長年していただけあって、かくしゃくとして

いる。

「葬式で口説く奴があるかい」

と鉄次郎に言ってから、おみなに顔を向けて、

「口屋《くちや》から、新右衛門《しんえもん》さんが来てくれよったで。挨拶に出えや」

喜兵衛が言う『口屋』とは、新居浜浦にある銅山の事務所である。集めた粗銅を大坂に運ぶための蔵もあって、ここの勘定方の支配人が新右衛門だった。後の住友家総理人となる広瀬宰平《ひろせさいへい》である。

新右衛門は、近江《おうみ》の医者の息子として生まれたが、別子銅山の支配人をしていた叔父の北脇治右衛門《きたわきじえもん》に連れられて別子銅山に、わずか十一歳のときに奉公した。そして、去年住友別家である広瀬義右衛門《ぎえもん》の養子となり、二代目を名乗り、銅山経営の一翼を担っていたのである。が、銅山の者たちはまだ新右衛門と呼んでいた。

二十八歳の精悍《せいかん》な面立ちで、黒羽織に身を包んだ新右衛門が寄合所の表に立ったとき、鉄次郎は心の底から込み上げてくる苛立《いらだ》ちを感じていた。

三

見舞金を渡して、焼香《しょうこう》を終えた新右衛門が、供の者を連れて、すぐさま帰ろうとすると、鉄次郎は「待ってくれ」と声をかけた。振り返った新右衛門は、眉間《みけん》に皺《しわ》を寄せた鉄次郎の顔に、覚えがあったようで、

「おう、あんたか。此度《こたび》の出来事は不幸だったが、源三さんの分も頑張って欲しい」

「不幸……？」

「あ、これは済まない。銅山で起こったことは私たちの責任であると思っている」

「嘉永《かえい》七年（一八五四）の大地震で水に沈んだままの〃三角《みすま》の鉱脈〃と同じ目に遭ったと思ってるんじゃ……儂はよう覚えとる。あんたらは、人が危ない目に遭ったことよりも、大事な鉱脈を失ったことを悲しんでた」

三角とは、深鋪《ふかじき》のどん底のことである。排水が難しいので、源三のような犠牲者が出ることもある。

「人の命より鉱脈が大事なんて……そんなことはない」

「湧き水さえ取れれば、もっと良質の銅が取れるのに。今でもそう思うてるやろ。い

や、言い訳はええ。儂だって、銅山で生きてきた男じゃ。それくらい分かる。だが、今度も、そん時のような事態と同じじゃろうが。あんたら、危ない坑道と分かっていながら、掘子を働かせてたンと違うンか」

源三が死んだ悔しさを怒りとして、〃経営陣〃に訴えているだけだが、鉄次郎の無念さは銅山の者ならば誰もが感じていた。むろん、新右衛門の方も自然災害ではないと分かっている。だが、不測の事態であることも事実だ。それゆえ、丁重に供養するつもりであった。

「だったら、もっとちゃんと拝んでいかんかいッ」

怒声を浴びせた鉄次郎を、村長は止めようとしたが、振り払うようにして、新右衛門の前に立ちはだかった。

「なあ広瀬さん。儂らあ、毎日、この命を晒《さら》して、モグラみたいに坑道で働いとんのじゃ。おまえ様だって、九歳でこの山村に来て、土くれた人々の中で暮らして、よう分かっとろうが」

「それは、もう……」

「叔父さんはこの銅山の支配人じゃ。儂らから見たら雲の上の人じゃ。だからこそ、お天道《てんと》様のように、儂ら村の者のひとりひとりを見てないとあかんのと違うのか」

「…………」

「おまえ様はさっき不幸ちゅうたが、源三兄イは、不幸で死んだんと違うぞ。儂たちを守るために死んだンじゃ。おまえ様たちが、手抜きをしよったことでな」

「手抜き……これは聞き捨てならぬな」

新右衛門もほんのわずかだが眉根を上げて、不快な顔になった。

「どういう意味か分からぬが、私は銅山の一切合切《いっさいがっさい》を我が事のように、おまえたちに負けぬくらい目を配っているつもりだ」

「だったら、なんで、山が動いてたことを話さなかった」

「え……山が動く?」

「そうじゃ。ぎりぎりになって、儂らが〝山が鳴いとる〟ことに気づいた。その前に、山が動いていることを鋪方《しきかた》役所の手代らを通して報《しら》せることができたはずじゃ」

鋪とは坑内という意味で、鋪方役所とは、〝採鉱本部〟であり、銅山を仕切る勘場《かんば》とともに、住友本家の採用と現地採用の者たちが混在して働いていた。もちろん本家採用の方が格上であって、〝人事〟や〝給料〟を決めていたのである。

山が動く——とは、春先の雪解けの時節になると、凍土も解けて、歩くことができないほど地面が柔らかくなることから、そう言われている。凍結と融解を繰り返して、砂礫《されき》地である部分が動くのだ。そのことと坑道の岩場の湧き水は直接に関わりはないが、大量の水が地中に含まれることによって、危険な状況になることは否定できない。

それゆえ、源三は何度も、

——この時期は、水をきれいに排出するまでは、坑内作業は休むべきだ。

と進言していたのだが、勘場や鋪方役所のお偉方はそれを許さなかったのである。

「きちんと対処しとったら、源三兄イは死なずに済んだかもしれん。そう考えたら、儂ア、悔やんでも悔やみ切れんのじゃ」

「……分かった……あんたの気持ちはよく分かった……」

新右衛門は頭を下げると、

「完全に水を抜いて、湧き水が出ないことを確かめ、採鉱しても大丈夫だとハッキリするまで、皆の衆には休んで貰おう」

「ほんまか」

「ああ。約束する。源三の残された親兄弟についても、こっちで善処する」

「だったら一筆、書いてくれんかのう。儂ら銅山の者同士は口約束は破らんが、大坂から来た連中はどうも信用ならんけんな」

鉄次郎が険悪な目を向けると、供として来ていたひとりの手代が、

「ええ加減にせえ」

と毅然と言って、ズイと前に出た。

「たかが掘子のくせに、いい気になるな。何様のつもりや」

関西訛《なま》りの強いその男は、三善清吉《みよしせいきち》という口屋の手代で、新右衛門の右腕として銅山の営みに深く関わっている。泉屋本店とも親戚関係であり、苗字《みようじ》を許されているせいか、いつも顎《あご》を上げて偉そうな振る舞いをしていた。鉄次郎はめったに会うことがないから、特に気にならなかったが、〝流れ者〟もいる掘子のことをどこか小馬鹿にしている節がある。

「何処《どこ》の誰兵衛《だれべえ》さんか知らんが、あんたこそ、誰に物を言うとんのじゃ」

わざと鉄次郎は喧嘩腰で言って、相手を誘い込んだ。腕に覚えはある。まだ若いが、荒々しい鉱夫たちから、山留になると期待されている鉄次郎だ。目の前の優男なんぞ、赤子の手を捻《ひね》るよりも容易に倒せるだろう。

「のう。何処の誰かと訊いとるのが、聞こえンのか」

「分かっているくせに、なんだその態度は。叔父上は支配人。新右衛門様はいずれ、この銅山を仕切るお方になる。後で後悔しても知らぬぞ」

「脅《おど》しとるつもりかや。儂は強い者の威厳を笠に着て、偉ぶる奴がいっちゃん嫌いじゃ。〝くらしゃげたる〟(殴ってやる)けん、その面《つら》出せッ」

ずいと前に出た鉄次郎は、今にも相手をぶん殴りそうだった。その間に割って入ったおみなは、困り切った顔で、

「申し訳ございません。兄のことで、鉄次郎さんも苦しんでいるんです」

と取り繕《つくろ》うように言った。

「おまえが謝ることはない、おみなちゃん。儂ア、こんな奴が銅山のお偉方じゃと思うただけで、ヘドが出てくるわい。いずれ銅山を仕切るやと? ケッ、笑わせるな。人の情けを知らん奴にゃ、どうせろくなことはできん。源三兄イも同じ気持ちじゃわい」

おみなを押しやって、清吉に摑みかかろうとすると、

「やめてって……」

抱きつくように止めてから、

「私を困らさんといて……お願いやから」

「え……」

「さっき、私のこと守ってやるって言うてくれたよね。だったら……」

ここで騒ぎを起こさないで欲しいという目で、おみなは鉄次郎を見つめた。

「そういうことや、鉄次郎とやら」

と清吉はしたり顔で言った。

「私はね、この人と……おみなさんと一緒になる約束をしてるのや」

「え、ええ!?」

ぽかんと口をあけた鉄次郎の顔を、清吉は可笑《おか》しそうに眺めながら、

「勧めてくれたのは、新右衛門の叔父さんや。なあ、村長さんも知ってますわいなあ」

と顔を向けた。

「う……嘘や……お、おみなちゃんが、そんな……」

「ほんまのことや。結納《ゆいのう》は来月、祝言《しゅうげん》は半年後、盛大にするつもりや」

「だったら、おじさんやおばさんは、どないすんじゃ」

「それはもう、こっちで面倒を見ることにしてる。新居浜浦がだめなら、大坂のいい医者に預けて、終生、親孝行させて貰いまっさ。もちろん、おみなさんも花嫁として、生涯にわたって大切にしまっさかい、おまえが心配することはあらへん」

嫌みたらしい目を向けた清吉に、鉄次郎は喧嘩をしかける犬のように食らいつこう

としたが、いつの間に近づいていたのか、鉱夫仲間たちが必死に抱きとめた。

「やめとけ、鉄。こんな奴、殴ったかて一文にもならんぞ」

「ああ、ここは辛抱せい。源三に免じて、黙って帰したれ」

「儂らも同じ気持ちや。いつでも、やったるけん」

などと押し殺した声で、鉱夫たちは取り押さえようとした。

「――おみなちゃん……ほんまのことか」

「う、うん」

目を逸《そ》らして、小さく頷《うなず》くおみなの横顔を見つめながら、

「なんで黙っとったんじゃ……源三兄イも兄イやで……」

と愕然《がくぜん》となる鉄次郎に、勝ち誇ったような目を向けた清吉は、一同を改めて見廻した。

「新右衛門さんが言うたことは必ず守りますさかい、今後ともよろしゅう頼みます」

誰も返事をしなかったが、清吉は軽く頭を下げると、新右衛門とともに立ち去った。手伝いに来ていた女たちは、口々に「お疲れ様でした」「ご足労をおかけしました」などと丁重に送り出したが、男衆は鉄次郎をおもんぱかってか、はるばる遠くから来たことに、ねぎらいの言葉はかけなかった。

そんな様子を――。
少し離れた木陰から、編笠に袴姿の二本差しの侍が、じっと窺《うかが》っていた。

四

それから二月余りが経って、鶯《うぐいす》の声が聞こえはじめた頃、大きな頭陀袋《ずだぶくろ》を背負った若い男が、仲持らと一緒に山道を登ってきた。細身の男だが、背が高く飄然《ひょうぜん》としていた。

「いやあ……懐かしいなあ……足が棒になったが、険しい道を歩いてきた甲斐《かい》があったというものや……おおい、銅山峰よう！　帰って来たぞう！」

と叫んだが、その声はこだますることなく、晴れ渡った空に飛んでいった。

迎え出たのは、鋪庄屋《しきしょうや》のひとりで、文助《ぶんすけ》という者だった。鋪庄屋とは、銅山の世話役で、坑道のある集落ごとにいた。七つの坑道があったから、〝別子七鋪〟と呼ばれており、七人の鋪庄屋の筆頭格だった。

「……もしかして研市《けんいち》か？」

「ご無沙汰しております、文助さん。しばらく見ないうちに、随分とおっさん臭くなりましたなあ、いやほんま」

久しぶりに会う人への挨拶ではなかった。親しき仲にも礼儀ありというが、研市は相手との間合いや場の雰囲気を読めない性格だった。そのせいで、勘場の手代を怒らせたことがあって、銅山から出なければならないハメになったのである。

もっとも、掘子としての腕は悪く、元々、商売をやりたいと考えていて、大坂に出て行ったのだが、この三年、まったくの〝音信不通〟であった。しかし、つい先日、粗銅を新居浜浦から大坂まで運ぶ船の船頭から、源三が死んだと聞いて、居ても立ってても居られなくて飛んできたというのだ。

「なんや、相変わらず元気そうじゃな。その口の悪さも変わってないのう」

「文助さんも昔のまんま、キツいでんなあ。俺はこれでも、大坂ではちょいと知られた商人《あきんど》になったんどっせ」

「商人……」

「さいでんがな。道修町《どしょうまち》に薬種問屋を出しましてな、主に唐薬《とうやく》を扱ってまんねん」

道修町はたしかに「薬の町」である。徳川吉宗《とくがわよしむね》が、享保《きょうほう》七年（一七二二）に「和薬種改会所」を設けた際に、この町は中心的な存在となった。そういう町の名を出すところが実に怪しい。

「まんねんじゃないぞ……」

文助は疑り深いまなざしになって、

「どうせ、おまえのことじゃけん、偽薬でも扱ってるのんと違うか」

「人聞きの悪いことを言わんといて下さい」

「にわか大坂訛りも気に食わん。銅山の者を騙《だま》す気じゃないだろうの。おまえはここにおった時から、『これは値うちもんの壺や茶碗や漆器や、京都で仕立てた着物や帯や』などと嘘八百ついて、人様から金をちょろまかしとったからな」

探るような目で言い続ける文助を、研市は怒ることなく、むしろ穏やかな笑みで眺めながら軽く肩を叩いて、

「まあ。そう言いなさんな。男子三日会わざれば刮目《かつもく》して見よ、でっせ。今日もな、毎日、大変な仕事をしている掘子たちのために、滋養のつく薬を持って来てやったのや」

と頭陀袋を開いて見せた。中には、小分けされた袋に『長命丸《ちょうめいがん》』と記されたものが、山ほど入っていた。

「これは、朝鮮《ちょうせん》から渡ってきた絶品で、スッポンやら人参《にんじん》やら、漢方の薬草もたっぷり入ってってな。なんぼ仕事しても疲れんで、夜もかあちゃんとバッコンバッコン

や」

　へらへら顔で得意げに言いかけた。

　その時――〝三勤交代〟で、一の勤めを終えた掘子たちが、自分の採掘道具を手にして、声を揃《そろ》えて歌いながら、我が家への坂道を歩いてきた。村の暮らしには欠かせない「大鉑《おおばく》の歌」である。

――今ーの旦那ーさんーよ、末代、はーりょよえーよえ、よー。えーえ、末ー代ーいー御座りや。鉑ーにゃ、よえーよえーーよー。えーえー、歩がー増すうー、人ーがー増すーよえよえーよー。

　この歌は古くからあったものが、寛政《かんせい》年間に纏《まと》まったとされる。注連縄《しめなわ》で飾った大きな鉑を、大山積《おおやまづみ》神社へ掘子たちが担いで奉納するときに歌われたものだ。さらに、

――飲めよ大黒、歌えよ戎子《えびす》、間で酌取《しゃくと》れ、福の神。明けてめでたい始まる歳は、金場大鉑、富士の山。歳の初めに始まる月は、鉑の買い初め蔵開き。旦那さんの盃《さかずき》、山留中へ、貰《もろ》て戴く大鉑会《え》。

　と続く。ちなみに、旦那さんとは、住友家の当主の意味である。

「いやあ、これまた懐かしいわいなあ」

　芝居がかった声で掘子たちを、研市はやんやと手を叩きながら出迎えた。しかし、

誰もいい顔をする者はおらず、むしろ、

「誰かと思ったら研市か。何をしに帰って来たのじゃ。どうせ、またぞろ金の無心やろ」

「恥ずかしげもなく、よう来れたものじゃ」

「神聖な銅山が汚れてしまうわい」

「水を抜くのに半月も銅山は休んでたのに、暢気《のんき》なやっちゃ」

などという声が返ってくるくらいであった。

そんな中で、実に気持ちよく近づいてきたのは、鉄次郎だけであった。

「なんや、研ちゃんじゃないか。小綺麗な格好しとるけん、誰かと思うた。あはは、こりゃ実に懐かしいわい」

「さすがは、いずれ山留になる鉄や。おまえは親父似で気っぷがよくて堂々としてる。俺の自慢の弟みたいなものや」

研市は鉄次郎よりも三つだけ年上だが、子供の頃から世間ずれしているような振舞いで、珍しい物好きで目端だけはよく利いていた。〝日和見《ひよりみ》〟といえば言葉は悪いが、大人の顔色を見るのにも長けていて、損得も一瞬にして感じ取る。

鉄次郎は研市のことを特に好いていたわけではないが、小さい頃から、なんとなく一緒に過ごして、ちょっとした万引きや女湯を覗いたりする悪いことは大概、研市から教わった。

鉄次郎は悪さをしても愛嬌《あいきょう》があったので、

「〝だらい奴〟っちゃなあ」

と許されることが多かった。〝だらい〟とは、いい加減で適当な性分なのだが、どこかおかしみがあって、つい許してしまいたくなる、そんな感じであろうか。それが、〝だら臭い〟になってしまうと、洒落《しやれ》にならなくなって、本当に嫌われてしまう。研市は、〝だら臭い〟方かもしれぬ。

研市は鉄次郎に抱きつきながら、

「ちょっと見ないうちに、ガッチリした体になりよったな。立派、立派。背丈も二寸（六センチ）程伸びたンとちゃうか？」

「三年も会わなきゃ変わるわい」

「そやな……三年か……何の報せもせんで済まんかった。俺も俺なりに忙しゅうてな。江戸にはペリーちゅうのが黒船で現れて、今度はハリスたらいうのが下田《しもだ》に来て、色々と面倒なことを幕府に押しつけとるとか……こんなご時世やさかいな。大坂も大変なんや」

江戸時代を通じて、江戸が政治の町ならば、大坂は商都であり、都の京は工都だった。豊臣秀吉《とよとみひでよし》が〝首都〟にしようとした大坂は、徳川家康《いえやす》によって小さな規模にされ、幕府も江戸に置かれたが、江戸はもとより諸国の城下町への物流を支えたのは大坂である。

もっとも、米や油、薪《まき》や炭、木綿《もめん》から醬油や酒など日用品の生産は大坂が中心だが、呉服や漆器などの伝統的な高級物を作るのは、相変わらず京であり、富豪も京に多かった。この三つの都が、うまい具合折り合って、日本は成り立っていたのである。

その〝天下の台所〟の大坂で一旗揚げた——と、研市の自慢話が始まった。源三の死を知って供養するために帰郷したというが、本当の狙いは他にあるのではないかと、誰もが疑っていた。

初めに出した長命丸というのは、銅山の者たちに只《ただ》で配ったが、それとは違うものを買えと言い出したのだ。それは、

——薬札《やくさつ》。

なる、実に怪しげな〝金券〟であった。藩札とか、銅山内だけで通じる銭札があったが、それを真似《まね》て、研市が勝手に作ったものと思われる。木版印刷の文字がいかに

もちゃちいのである。

だが、研市は集まった十数人の村の鉱夫やおかみたちの前で、まるでタンカ売《うり》でもするテキ屋のように、

「よう、ちゃんと聞いてるか、皆の衆。これは、大坂は道修町でしか通用せぬ薬札や。別名、くすりふだ」

「同じやないけ」

誰かがチャチャを入れる。

「まあ、お聞き。そんじょそこらの薬札やないでえ」

「薬札なんて、聞いたことないわい」

「ご公儀に許された薬種問屋は、この日の本に、百二十軒しかない。その中でも、たった五カ所にある〝改所《あらためしょ》〟が、道修町にあるんねや」

「なんの改所や」

「偽薬かどうかを見極める改所や。ここで、検査を受けない薬は取り引きできへん。それを一手に任されてるからこそ、この薬札には値うちがあるのやで」

「おまえが一番、胡散《うさん》臭いわい」

「おいおい、ちゃんと聞け。この薬札は、ただの銭札とは違う。薬と交換するための

ものだけではない。これを持っておくと、そのうち値うちが上がる、ちゅうもんや。つまりは、この別子で採って作る〃御用銅〃と同じようなものや」

御用銅とは、幕府が長崎貿易で清やオランダなどに売るための高級な棹銅である。国内用の地売銅《じうりどう》の三倍近くの値うちがあった。

「この薬札も同じでな。どんどん値うちが上がるさかい、後で売ればええ儲《もう》けになる。今が一両でも、一年後、二年後には三両、五両の値になる。これからは混沌としたご時世になってくる。そのときに要《い》るのは金や。両替商に預けててもたかが知れてる。大坂で商いをしているからこそ、俺の耳に入ってくる秘密もあるのや」

「研市……おまえ、手が後ろに廻るぞ」

心配そうな顔で、文助は言った。

「そもそも、そんなものを買う金を持っとる奴は、ここにゃおらん。藩札かて、今時は紙くずになってる所もある。なあ、バカなことばかり考えンと、銅山《やま》に戻って仕事せえ。勘場役人は替わったし、儂が謝ったる」

「まったく……これやから田舎もんは話にならへん。世の中は変わる。もし幕府がのうなって、違う世の中になっても、金の値うちは変わらん。そやろ、文助さん」

「アホ。なんちゅう畏《おそ》れ多いことを」

「いいや、俺は肌で感じ取るのや。焦臭《きな》い話も時々、耳に入るしな」

「世の中が変わったら、銭の値うちも変わるンと違うか?」

文助は溜息混じりで首を振って、

「そがいなこと言いよったら、お役人に痛い目に遭うぞ。近頃は、この銅山にも川之江《かわのえ》の代官役人が、密かに来よるようじゃけん……おまえの妙な話から、こっちにとばっちりが来てはたまらんが」

「ほんまやて。みんな、今が儲け時やで。毎日、穴蔵で働く何倍もの金が……」

と必死に続けたが、結局、誰も研市の話には乗らなかった。

翌日――。

研市は、鉄次郎とおみなだけに見送られて、銅山を去るしかなかった。立川村に向かう途中の峠まで来たとき、

「ここは……待ちぼうけ峠……そう言われるくらい、何人もの人間が去っては、戻って来ることがなかった……鉄次郎……これが今生の別れになるかもしれんが、おまえもせいぜいキバって、一端の山留になりや」

と研市が言うと、鉄次郎は返した。

「あんたに言われるまでもない」

「最後まで冗談きついなぁ。でも、もし……もしやで、この山に住めへんときがきて、何かあったら、いつでも俺のとこを訪ねてこい。悪いようにはせん」

「そういうことが、あればな」

「井の中の蛙《かわず》、大海を知らず、や。おまえはこんな山奥で一生を過ごす男とは思えないンやがな……どうせなら、あのてっぺんに登って、その向こうを見てみいや」

しみじみと峰々を見晴らしながら、

「あ、そうや……」

研市はおみなに何やら薬袋を握らせて、

「ええ所に嫁に行くそうやが、幸せにな。餞別《せんべつ》代わりや。やや子がようでける薬や。買《こ》うたら、えらい高いで。なに、遠慮するな。可愛らしい子を沢山産みや。ほんなら、達者でな」

と微笑むと、荷を載せた牛や馬が向かう山道を歩き出した。

「研ちゃん、何しに来たんやろ。ほんとに源兄イのために駆けつけたんか？」

鉄次郎がそう言うと、おみなはくすりと笑って、

「あなたに会いたかったンじゃない？　だって、お兄ちゃんとは気が合わなかったし」

「そうかな……」

「ええ。きっと、そうよ」

見送るおみなの横顔を見て、こいつも近いうちにこの山村を離れるのかと思うと、鉄次郎の胸に冷たい風が吹き抜けた。

五

その侍が、鉄次郎を訪ねて家に現れたのは、研市が帰った数日後のことだった。

研市が下山して向かった立川村とは反対側の金毘羅《こんぴら》に続く道から来たのだ。川之江から天満浦を経て、小箱峠《おばこ》を越えて来る〝泉屋道〟と呼ばれた山道を歩いてきたのである。粗銅だけではなく、山から年貢を運び出し、逆に天満浦からは塩や乾物などを持ってくる道である。新居浜浦と繋がる道と違う、もうひとつの命綱であった。

日が暮れて、夕餉《ゆうげ》を取った後くらいだったから、母親のお鶴や兄弟たちも、何事だと不安な面持ちであった。特に一番下の千代は、刀を差した侍などめったに見ることがないので、兢々《きょうきょう》としていた。

「大丈夫や。何もありゃせんよ」

鉄次郎は侍を促して長屋を出ると、月夜に浮かぶ切り立った禿げ山を見上げながら、まだ灯りがついている寄合所の方に向かった。

侍は、源三の葬儀に広瀬新右衛門らが来ていたときに、様子を窺っていた編笠の侍である。だが、鉄次郎は気づいていない。

「で、儂に用事とは？」

「拙者《せつしや》、川之江代官所手付の河瀬主水《かわせもんど》という者でござる」

代官所の役人には手付と手代があって、前者は幕府役人で、後者は現地で雇われた地侍である。

つまり、よほどの用件ということだ。別子銅山は天領であるから、幕府の監視下にはあったが、実際の運営は住友家が行っていた。ゆえに、直《じか》に銅山の者に、代官の役人が近づくことは希《まれ》であった。

「河瀬様……儂はただの掘子じゃが、一体、何の話があるのかな」

「尋ねたいのは、先般の湧き水による事故のことだ」

「源三兄イの……」

「ああ。調べによると、勘場や鉑方役所が湧き水が溢れることを予見しておりながら、おまえたちを働かせ続け、ために山留の源三が死んだようだが、これを公《おおやけ》にせぬとはどういうことかと思うてな」

「公にしていない……？」

鉄次郎は首を捻って、河瀬を見やった。無精髭《ぶしょうひげ》が少し伸びていて、旅の疲れさえ感じられた。天満浦から別子山まで十二里（四七キロメートル）、ふたつの宿場があるが休まずに、おそらく歩き通しだったのであろう。

「それは妙な話じゃないか、河瀬さんとやら……儂らは、きちんと葬式もあげたし、あのことについちゃ、本家の旦那の方も湧き水の見通しが甘かったと認め、それなりに残された者たちの面倒を見た」

「…………」

「本鋪《ほんじき》の水も吸い出して、これまでどおりの仕事ができとる。大坂の本家の方にも、事の顚末《てんまつ》は報せたと、勘場の者からは聞いとるがのう」

「だが、代官所には届いておらぬ」

「そんなことを言われても、儂にはよう分からん」

ずいと鉄次郎の前に立った河瀬は意外と大柄で、鉄次郎と同じくらいの背丈だった。その上、よほど剣の修行をしてきたのであろう。掌には黒ずんだ剣胼胝《けんだこ》があるのが、わずかな月明かりでも分かった。

「住友家が銅山を営んでいるのは、公儀あってのことだ。この別子で人命に関わる一大事があったにも拘《かか》わらず、二月余り経っても正式に報せにこないとは、如何《いかが》なものかと思ってな」

「待ってくれ。儂は……」

「儂アただの掘子じゃ。そんな大切な話ならば、勘場手代か鋪方役人にしてくれ。儂は……」

と拒《こば》もうとすると、河瀬はさらに声を低めて、だが語調は強く、

「そこもとゆえ、話しておるのだ」

「儂だから？」

「さよう。広瀬新右衛門の下で働いておる三善清吉という男だがな、どうやら、よからぬことを考えているようだ」

「よからぬこと……」

鉄次郎は一瞬、殴り飛ばしたくなった清吉の顔を思い出したが、頭を振って、

「分からん。儂には何の話かサッパリ分からん。それに、奥歯にものがはさまったような、あんたの言い草も気に入らん。バカの儂にもよう分かるよう話してくれや」

「バカなどと謙遜《けんそん》するな。おまえはまだ若いのに、山留になれると誰もが思うてるほどの男だ。それに……」

「それに？」

「新右衛門たちは、おまえを危うい男だと案じておる」

「儂が危うい、じゃと？」

「ああ。先般の折もそうだが、おまえは今までも、鋪方、吹方《ふきかた》、炭方……みんなの味方をして、給金を上げるよう勘場に頼み、駄目なら、もっと上のお偉方に直談判《じかだんぱん》して、山の者たちの暮らしを守ろうとしたらしいな」

「…………」

「すべてではないが、本家の方がそれを呑んできたのも、おまえが〝切上がり長兵衛〟に繋がる者だからだ。だが、新右衛門とて本音では、おまえのことを邪魔臭いと感じているに違いない」

「まさか……あの人は、この村で育ったから、儂らの気持ちを分かってるはずじゃ。本家から来た手代や丁稚《でっち》らはどうか知らんがな」

新右衛門にはこの間の事故の件で腹立たしい思いも抱いていたが、それでも急に現れた目の前の侍よりは信用が置ける、と鉄次郎は思った。

「その手代のひとり、清吉は〝抜け銅〟を扱っている節がある」

「〝抜け銅〟……なんじゃ、そりゃ」

「質の悪い銅を、抜け荷として勝手に売り捌《さば》いているということだ」

「まさか……」

到底、信じられなかった。そのようなことをすれば、クビになることくらい百も承知のはずだ。いずれ銅山の〝幹部〟になることも約束されている身なのに、人生を棒に振ることなどするまい。鉄次郎はそう言った。

「だが、少なくとも我々代官所では、長崎に渡すべき銅の量が目減りしていることを突き止めている」

「そ、そんな……」

「もし、清吉が勘場で指示をしているとしたら、選鉱をする砕女か、仲持の誰かを丸め込んでいるのであろう。あるいは、棹吹き職人かもしれぬが、大坂では無理ゆえな。この山の中で手配りしているに違いあるまい」

「………」

鉄次郎は息を呑んで、

「あんたはどうして、そんな話を儂に……まさか、清吉とつるんでいる奴を探し出させて、その悪さをぜんぶ暴けっちゅうんじゃないやろな」

「さすがは山留にしたい男だ。勘がいいな」

にんまりと河瀬は笑ったが、鉄次郎はきつく唇を嚙みしめて、

「仲間を売るような真似はせん。断る」

「裏切っているのは、そういう輩《やから》の方だと思うがな」

「うんにゃ。あんたの狙いは大体、分かったわい」

と鉄次郎はギラリと睨《にら》みつけた。

「清吉の〝抜け銅〟を表沙汰にすることで、新右衛門にも責めを負わせ、ひいては住友家自体を貶《おとし》めるつもりじゃろうが」

「……………」

「先の湧き水に加えて、天領である銅山で不行跡をしてしもうたら、住友家をこの別子銅山支配から追っ払うことができる。幕府が直に手にしたいけん、揚げ足取りをしたいんじゃ。違うか」

図星だったのか、河瀬はわずかにギクリと背中を動かしたが、

「銅山を直に公儀が扱っても、おまえたちの暮らしは変わらぬ。いや、今までよりも稼がせて、よりよくすることができる」

「そうは思えんな。佐渡《さど》金山、石見《いわみ》銀山など天領の鉱山では、あまりいい噂は聞かん。住友あってこその別子銅山じゃと儂は思うとる。西条藩との争いがかつてあった

ことも承知しとるが、もうこりごりじゃ」

銅山峰の稜線を境に北側が西条藩の立川銅山、南側が天領の別子銅山で、双方から掘りあったがために、坑道が抜けあったことがある。それで問題になったが、それ以前からも境界線で揉《も》めていたから、幕府の評定所にまで訴訟する騒ぎとなった。

しかし、西条藩の藩主は徳川家康の孫であり、紀州《きしゅう》家出身の頼純《よりずみ》だった。その上、吉宗《よしむね》が八代将軍になったときには、頼純の息子の頼致《よりよし》が、宗直《むねなお》に改名して、紀州家の六代目当主となっていた。幕府としても、長らく曖昧な立場で銅山経営をしていたのだが、住友家が介することで、うまく切り抜けたのである。

だが、時代は変貌しつつあった。

嘉永七年（一八五四）三月に日米和親条約が結ばれたことで、下田と箱館《はこだて》を開港し、薪水《しんすい》、石炭、食料などを供与して、難破船員や漂流民を保護することになった。事実上の〝鎖国〟が終わって、イギリス、ロシア、オランダと次々と和親条約を結んだ上に、最恵国待遇を与えることになった。

そんな不公平な交易の中で、国が滅ぼされないために幕府が取った政策は、

——外国に銅を売らないこと。

であった。

幕府は従来金銀を海外に放出し続けていたが、その量が不足したがために、元禄期から銅を輸出していた。これ以上の富の流出は避けたかったのである。

ずっと長崎貿易で繋がっていたオランダに対しても同じだった。しかし、こうなれば密かに銅を輸出する輩が出てきても不思議ではない。これまで銅を売る立場だった長崎会所でさえ、銅の密輸を監視する側になったのである。

「こういうご時世だからこそ、幕府は銅の扱いには神経を尖《とが》らせているのだ」

河瀬は鉄次郎を追い詰めるように言った。

「この銅山だけの話ではない。幕府を裏切る奴をのさばらせていては、百年の計も誤《あやま》るやもしれぬのだ……しかも、清吉は、おまえから女を奪って嫁にするというではないか。そんな奴が女を幸せにできると思うか」

清吉もいけ好かないが、今はとにかくこの侍の言うことを信じる気にはなれなかった。第一、清吉に何かあればおみなにもとばっちりがいくだろう。

「――清吉さんは生意気だが、悪い人間ではない。そう信じてる」

「信じてる……」

ふんと河瀬は鼻で笑った。

「何が可笑しいんじゃ」

「甘いのう。人はそれほど、信じられるものではないぞ」

「なんだと!?」

「まあ、そうムキになるな。おまえは若い。そのうち分かるときもくるだろう……とにかく、本当のところを探れ。でないと、これだけのことを話したのだ。事と次第では」

腰の刀の鯉口《こいぐち》を、河瀬はカチリと切ってみせた。

「儂を斬る……ちゅうんか。おもろい。できるもんなら、やってみいやッ」

険しい顔になった鉄次郎は吐き捨てるように、

「言うとくが、儂はあんたの言いなりにはならん。覚えとけ」

それだけ言って背中を向けた。ひんやりとしたものを感じたが、鉄次郎は振り返りもせずに堂々と立ち去った。

その後ろ姿を見ていた河瀬の口元には、得体の知れない笑みが浮かんでいた。

六

鉱夫たちの楽しみのひとつは、仕事の後で、大きな湯船に浸かって、一杯やることである。汗だくの体を、熱い湯で労《いたわ》るのだ。山間から出る鉱泉を沸かすこともあったが、地中深く掘ることができず、同じ伊予《いよ》の道後《どうご》温泉のようにはいかなかった。

それでも、一日の疲れを癒《いや》しながら、あれこれと四方山《よもやま》話をしたり、湯上がりに将棋や碁をすることも喜びのひとつだった。

この日も——。

鉄次郎は掘子たちに混じって、肩まで深く湯に浸かりながら、質の良い鉱石を見つけた自慢話などをしていた。

そのうち、誰かから棹銅が長崎会所に留まったままオランダや中国に渡らず、吹かれた銅も鰻谷《うなぎだに》から出ていないという話が起こった。鰻谷とは、泉屋本店と吹所がある所である。大坂は船場《せんば》の南にある島之内《しまのうち》の一角に鰻谷はあった。

すぐ近くに繁華な道頓堀《どうとんぼり》がある。歌舞伎や人形浄瑠璃《じようるり》の芝居小屋が並んで、いつも人で賑《にぎ》わっているらしいが、鉄次郎は一度も訪ねたことがない。長老格の老人たちから噂を聞いたり、年に一度、銅山に興行にくる旅芸人たちからは聞いたことがあるが、どのようなものか目に浮かべることもできなかった。

「オランダに銅を売れなくなったら、儂らの暮らしはどうなるんじゃ」

「そこよ。銅だけじゃのうて、俵物なんぞ他のものも売れなくなるらしい。オランダだけじゃのうて、中国や他の国にもな」

「掘っても、金にならんちゅうことか」

「困ったもんじゃや……」

などと話をしている鉱夫たちの声を、鉄次郎は湯に浸かりながら聞いていた。

別子銅山が開かれた元禄年間当時、金銀が減ってきたために、幕府は様々な統制をして、長崎から外国に流出することを防いだ。その代わりに、銅が主な輸出品となり、この銅山からもどんどん産出したのである。かように、〝鎖国〟とはいえ、幕府は海外貿易を独占していたわけだ。良質な銅であるから、日本全体で年間に千万斤(約六千トン)のときもあって、世界一の産出国だった。

中でも住友家は戦国時代から、銅吹きの稼業をしており、備中の吉岡銅山の経営をはじめ、長崎貿易にも関わり、両替商や江戸では札差《ふださし》にも手を出していた。

幕府は、金座や銀座と同様に銅座を作って、住友家を支配しようとした。が、他の銅山がおおむね藩の支配下だったのに対して、別子銅山は住友家という〝民間業者〟である。しかも、毎年、百数十万斤もの銅を出す別子銅山を、直に経営することはできなかった。その代わり、輸出用の〝御用銅〟を作らせて、長崎貿易で利を得ていたのである。

このために幾多の争いが幕府と住友家の間にあった。銅の値や扱う量など様々なことで揉めては、幕府の条件が悪ければ鉱夫たちが仕事をしないという、今で言えばデモみたいなことをしたこともある。幕府の下請けではないぞという気概が、別子にはあった。

つまり、お上に対して媚《こ》びへつらいはしない——という気質が銅山の住人にはあって、鉄次郎にもそれが受け継がれていた。

鉄次郎がバサッと顔に湯を浴びたとき、誰かが湯屋に響き渡る声で言った。

「銅が売れなくなったら困ったもんじゃが……もっと困るのは、余った銅を横流ししとる奴がおるちゅうこっちゃ」

声の主を見ると、九兵衛《きゅうべえ》という炭方だった。元々は樵《きこり》だったというが、山が〝焼け〟て禿げ山になったために、銅山で使う炭作り職人として雇ったのである。鋪内に入って、もう二十年余りになるが、

——緑の山を奪われた者が、禿げ山の世話になっておる。

という忸怩《じくじ》たる思いなどは、かけらもなくなっていた。

「儂らがせっせと炭を作り、あんたらが掘った銅を焼窯で吹いても、お国のためならいざ知らず、誰かさんの懐を潤《うるお》すためだったなら、情けないことじゃわい」

「誰かさんて、誰じゃ」

掘子のひとりが聞き返した。

「そんなもん……皆かて、薄々、感じてるのと違うか。なあ、鉄次郎」

九兵衛に振られて、鉄次郎は戸惑《とまど》った。河瀬という代官所手付に聞いた話は、誰にも話していない。どうして、九兵衛が知っているのかが気になった。

「何の話か知らんが、銅山の者が横流しするとは思えんがな」

「思いたくなくても、そういう輩がいたらどないする」

「そんな奴……おるわけがない」

「おったとしたら、どうするかと訊いとんのじゃ。おまえもいずれは山留になるのやったら、もしものことを答えられんでどうする」

きつい言い草で、九兵衛は迫った。山の男は究極の選択を迫られるときがある。事は、生死を分けることもあるからだ。

銅山には八百万《やおよろず》の神がいて、人ひとりに〝百人の親〟がいると言われている。自然を生かしている木の神、水の神、土の神、火の神……それらを、銅を掘ることで、どこか遠くに追いやってしまった。だから、禿げ山だらけになったのだ。

その代わり、人が人として生きていく智恵をつけ、自分の血として、後に伝えるためには、先人に学ばねばならぬ。ひとりの人間を作るためには、百人の先人が扱《しご》かねばならないのだ。それゆえ、若い鉄次郎は今、沢山の目上の者に扱かれている最中である。どのような苦言も、有り難く受け止めていた。しかし、今日の九兵衛の言いようはあまりに唐突で違和感があった。

「ほれ、答えんか、鉄次郎」

「そうですな……まずは、勘場のお偉いさんに報せて、横流しの事実を伝え、規律に基づいて善処して貰います」

「その勘場のお偉いさんが、横流しをしてたら、どないする」

「もっと上の人に話しますわい」

「そのもっと上の人が命令していたとしたら、どないする」

「それは……ご公儀に申し出て、御定法に則って裁いて貰います」

「ほんじゃ、幕府も知っていて、横流しを黙認していたとしたら、どないする」

「まさか、そこまでは……」

「そこまでするのが、幕府というものじゃ」

九兵衛は湯を弄《もてあそ》びながら、

「儂はたかが樵の炭焼き人じゃが、諸国の山々は繋がっているものでな。いいことも悪いことも、山の民によって耳に入ってくるんじゃ」

「…………」

「お上なんぞ、信じられん。信じられんお上に、なんで裁きを委《ゆだ》ねたりできるかいや」

当然のように言う九兵衛に、鉄次郎は尋ね返した。

「では、九兵衛さんなら、どうなさるね」

「決まっとろうが……自分たちで始末をするというだけじゃ」

「自分たちで……？」

「そうじゃ。八百万の神に逆らい、百人の先人の教えを踏みにじる奴に、なんの情けがいろうか。山の掟《おきて》で裁くしかなかろうが」

妙に腹の据わったような声になると、俄に坑道内のように湯屋に響きわたって、天井から落ちてくる水滴は、湧き水のような気がしてきた。

しんとなった湯屋の中に、しばらく沈黙が漂《ただよ》った。そして、誰からともなく、

「——そいつは、誰じゃ。横流し……〝抜け銅〟をやらかしてる奴は」

という声があがった。すると、間髪入れず、九兵衛は答えた。

「新居浜浦口屋の手代、三善清吉じゃ」

がんがんと湯屋中に声が響いたと同時に、驚きとも怒りともつかぬ鉱夫たちの唸《うな》り声も広がった。だが、鉄次郎だけは瞼《まぶた》を閉じて、黙って聞いていた。

「なんじゃ、鉄……おまえは驚かんのか」

と九兵衛に迫るように言われて、ゆっくりと目を開けた。そして、おもむろに立ち上がると、前も隠さないまま柘榴口《ざくろぐち》から脱衣場に出て行こうとした。

「待て、鉄。おまえは知っとったんか」

「いや、知らん」

「だったら、どうする。こがいな時でも、山留ならば、奴をどうするか、清吉をどがいにするか、決めんとあかんぞ」

「………」

立ち尽くしている鉄次郎に、九兵衛はさらに声をかけた。

「清吉は銅山のお偉いさんじゃ。そいつが悪いことをしとる。あいつは大坂から来た者じゃけん、儂らのことなんぞ虫けらのように思うとる。だから、ちょろまかすことなんぞ、朝飯前なんじゃ」

「しかし……」

「しかしも、かかしもない。さあ、どうする。みんなの前に引きずり出して、本当のことを吐かせるのが、山留になるおまえの役目じゃぞい」

鉄次郎は振り返ると、薄暗い湯船の方を見やった。中腰の者、湯に深く浸かっている者、洗い場で座っている者、中には彫り物をしている者もいる。はっきりと顔は見えないが、自分を注視していることは分かる。

「のう、鉄……清吉は、坑内の湧き水を承知しながら、ほったらかしにしとった人でなしのひとりじゃ。あいつは、儂らを危ない目に遭わせた上に、自分の懐を潤すことだけには熱心だったわけじゃ……どうする！」

また九兵衛の声が響いた。

「──そうですのう……まずは証拠が要るんじゃないかな、清吉が悪さをしているのならば、その証拠が」

「ふむ。それで？」

「清吉がやらかしていたとしても、手助けをする者がおるはずじゃ。ひとりでできることじゃないけんな。つまりは……」

鉄次郎は湯屋にいる連中を見廻しながら、

「もしかしたら、この中にも清吉の仲間がいるかもしれんということじゃ。清吉ひとりを締め上げるために、何人もの銅山の仲間を裏切り者として叩かにゃならん……あんたら、それができるかね」

「……………」

「できるかねッ」

語気を強めた鉄次郎に、誰も何も答えることができなかった。

「やらかしたことは仕方がない。儂らの仕事がなくなるわけでもない。こんなことぐらいで、銅山が揺らぐわけじゃない。儂らの仕事がなくなるわけでもない……清吉には、儂から話す……反省をして、二度とつまらんことをせんと約束させりゃ、それでよかろうが」

「——おまえに、それができるんじゃな」

九兵衛が念を押すように言うのへ、鉄次郎は静かに頷くと、腰を屈めて柘榴口から出て行くのだった。

七

銅山の勘場に清吉が訪れたのは、山桜が五分咲きの頃だった。

むろん、禿げ山には草木が一本もなく、赤茶けた地肌が露《あら》わになっているだけだが、遠くの青々とした山肌には、所々に、桃色が霞《かすみ》のように広がっていた。

「黙れ、貴様ッ。本気でそんなことを言うとるのかッ」

誰もいない空き地で、清吉は怒鳴った。炭焼き用の材木が積み重ねられている所で、勘場を眼下に見下ろす高台だった。

「儂は仲間をあんたと同じ罪にはしとうない。そじゃけん、このことは広瀬さんにも黙っておく。そん代わり、銅を抜くことは金輪際《こんりんざい》、やめてつかあさい」

「……だ、誰にものを言うてるのや」

「三善清吉さんです。あんたは、口屋の手代で、住友本店から遣わされた、お偉いさんじゃないですか。その自覚をもって、今後とも銅山のために働いて下さい」

「なめてんのか」

「…………」

「大体、何様のつもりや。一端の山留にでもなったつもりか。まだ一介の掘子やないか。減らず口を叩いていると銅山から追い出してもええんやぞ」

「前にも同じような言葉を聞いた。でも、今度ばかりは、洒落じゃ済まんよ。あんたがバカにしてる掘子が、あんたの不始末をどうしようかといきり立っとる」

「脅すつもりか」

「違う。あんたを、どないかして、助けたいんじゃ」

「助けたい？　ふん。ますますもって何様のつもりや……ハハン、そうやって私を脅して、おみなとの縁談をぶち壊しにする気やな。おっとろしいなあ、山の者が考えることは。ふられた腹いせに、あらぬ疑いを吹っかけて、陥《おとしい》れるつもりか」

　底意地の悪そうな目つきになって、清吉は鉄次郎を睨んだが、腕ずくでは勝てそうにない。鼻で笑って背中を向けると、

「おまえの性根はよう分かった。上の人たちに諮《はか》って、その身の振り方を考えてやるよって、しばらくは休んでおれ」

「儂が働くかどうかは、儂が決めることじゃし、鋪庄屋が差配することや」

「勘場に言えば、どうとでもなる……ええか、鉄次郎。誰が何を言ったか知らんが、私は〝抜け銅〟なんぞしてないし、おまえたちに足を引っ張られる謂《いわ》れもない」

「………」

「今後、そんな話をしたら、おまえだけじゃない、親も兄弟も、働けンようにするさかいな。そう心得とけ」

「ほんま、しょうたれじゃのう……本気で、おみなを嫁にやりとうのうなったわい。源三兄イも泣きよるで、のう清吉さんよ」

　ぐいっと清吉の羽織の襟を掴むと、鉄次郎は自分の方に顔を向かせた。びくりと首

を竦《すく》める清吉の目は、明らかに怯《おび》えていた。

「川之江代官所の役人が、あんたの不正をきっちりと摑んでいるそうな」

「えっ……!?」

「儂にも探れと言ったが断った。銅山にそんな卑劣な輩はおらんとな」

「……………」

「だから、大火事になる前に、火種を踏み消してくれ」

鉄次郎は今にも殴りかかりそうだったが、じっと我慢をして、その場に土下座をした。意外な行いに清吉はむしろ気味悪がって、後ずさりをした。

「そんな脅しに……私は乗らんぞ……知らんもんは知らん」

「このままだと、代官所から幕府が別子の監視を委ねてる松山《まつやま》藩に伝わり、さらには幕府から銅山を取り上げに来る。ここが幕府のものになってええんかね。あんたは住友の人間じゃろうが。それで、ええのかッ」

「騙されるな、鉄次郎」

清吉は肩を震わせながら見下ろしたまま、

「その代官所役人というのも、この銅山を幕府の手にするために、私を陥れているに違いない。口屋の手代ごときの私に、なんで抜け荷ができるのや。そのバカな頭で、よう考えてみい。これは、謀《はかりごと》や。私たちを混乱させて、幕府の思うがままにするためのな」

「それでもや」

「なに、それでも……？」

「幕府がどうの住友がどうのという話は、掘子たちには通じん。あんたがやってなくても、もっとお偉方が、そうじゃなければ、幕府に通じるもっともっと雲の上の偉い人が、きちんとした〃道筋〃ではないところで、あくどい儲けをしてるのは事実じゃ。それを、あんたが解決せんかいッ。私利私欲で動いたンじゃなかったら、きっちり始末をつけてくれ。このままじゃ、銅山の掘子同士の信頼もなくなってしまう。儂ら掘子は親子も同然、一心同体や。疑心暗鬼《ぎしんあんき》のまんまじゃ、仕事にならんのじゃけんのう」

懸命に足に縋《すが》る鉄次郎を、清吉は気味悪そうに蹴飛ばした。すると、鉄次郎はゆっくりと立ち上がって、

「なあ、清吉さん……自分の心の中をよう見つめて、ちゃんとやってくれ……」

「やかましい！　おまえなんぞに命令されてたまるかッ」

いつの間に握っていたのか、わずかに金粉を振りかけたような銅鉱を、清吉は握っ

ていた。それを、鉄次郎の顔面に投げつけた。避けなかった額に、ガツッと当たって、つうっと一筋の血が流れてきた。

「掘子ごときに、この国の危難の何が分かる。私らに任せといたら、ええのや。おまえらは一生、その石ころを掘っといたら、ええのや。分かったか！」

「…………」

「分かったな！」

と言った途端、鉄次郎の拳が清吉の顔面に向かっていた。そして次の瞬間、清吉の体はふわりと浮いて、ぶっ倒れた。

その数日後——。

満開の桜が山間を彩り、穏やかな風にひらひらと花びらが舞う日に、後に牛車道《ぎゅっしゃどう》と呼ばれる急な坂道を、馬に乗せられた花嫁姿のおみなが下っていた。

白無垢《しろむく》の花嫁衣装のおみなは、桜色に頬《ほお》が火照《ほて》り、唇の紅は美しく潤っていた。

「こんな綺麗な花嫁御寮《ごりょう》、ほんまに見たことがない」

と誰もが溜息をつきながら、沿道で見送っていた。

その中に、鉄次郎の姿はなかった。

花嫁に連なって、箪笥《たんす》や鏡、着物の入った長持《ながもち》などが続いて、牛車が運ばれていた。その行列は何町にも及び、ふだんは仲持として働いている者たちの姿もあった。花嫁道具は、婿《むこ》の清吉が用立てたもので、まさに三国一の花嫁らしく豪勢なものだった。

この花嫁行列は縁起物などを通り沿いの家々に配りながら、立川村の中宿《なかじゆく》を経て、角野《すみの》村に下り、さらに上泉川《かみいずみがわ》村を抜けて、口屋のある新居浜浦に至るのである。

馬上のおみなは、〝待ちぼうけ峠〟に来たとき、思わず山を振り返りそうになった。何処《どこ》かから、鉄次郎が見送ってくれているのではないかと思ったからである。

花婿になる清吉を殴ったことも知っていた。めったに手を出すことはない鉄次郎が殴ったのだから、よほどのことがあったに違いない。おみなはそう察していたが、その理由を聞くこともなく銅山村を去るしかなかった。

「…………」

振り返りたい気持ちは募ってくるが、じっと我慢をした。見れば嫁ぎ先から、離縁してまた戻ってくるという迷信があるからだ。一度、清吉の嫁になるからには、生涯を共にするのは当然のことと決めていた。

鉄次郎への想いがまったくないかといえば嘘になる。だが、寝たきりの父親や弱りはじめた母親のことを考えると、銅山を去るのは正しい選択だった。

――生きていれば、また縁がある……。

おみなは心の奥底で、そう信じ切っていた。今生《こんじよう》の別れではないのだからと、涙もこらえられた。

峠を過ぎると、眼下には目が覚めるような緑の大地に、広々とした国領川《こくりようがわ》が流れ、その先の扇状地《せんじようち》の彼方《かなた》には、青々とした瀬戸の海が広がっていた。きらきらと海面が光っていて、幾重にも日輪が弾いているようだった。

「ああ……」

花嫁の深紅の唇から、静かな溜息が洩《も》れた。

その頃――。

銅山の深鋪《ふかじき》のどん底では、いつもと変わらず、鑿と鎚で岩盤を粉砕している鉄次郎の姿があった。まるで修行僧のように、苦難にじっと耐え忍ぶような顔で、淡々と黙々と鑿を打っていた。

第二章　金毘羅船《こんぴらぶね》

一

まもなく夏祭りという頃になると、山に囲まれて薬研《やげん》のような形になっている足谷《あしたに》から吹き上げてくる風が強くて、山肌の道はとても歩けるものではない。それでも、銅山で働く者は文句を言うこともなく、じっと耐えて坑道に向かった。

だが、この頃に誰もが脳裏に思い浮かべるのは、元禄の大火事のことである。

まだ銅山が開かれたばかりの当時、昼夜を徹して銅鉱が掘り出されていた。新しい銅山だから、産出量も多く、作られる粗銅《あらどう》も年々、増えていった。

しかし、銅を吹く際に出る硫煙《りゅうえん》のために、「千古斧《おの》を入れざる原生林」だった鬱蒼《うっそう》とした山は岩場だらけになった。銅山内で暮らす人々もあっという間に、数千人を超え、小屋を建てたり、住む場所を確保するために樹木が伐採《ばっさい》されるから、益々《ますます》、禿《は》げ山が広がった。そのため、風が運ぶ土埃《つちぼこり》も半端ではなく、体を害する者もいた。

それにも増して恐かったのが、強風による火事である。

当時の人々は気づいていなかったかもしれないが、硫煙によって立ち枯れた樹木や下草はカラカラに乾いている。しかも、焼窯《やきがま》や炭焼きの火種はそこかしこにある。小さな火の粉でも、水気をまったく含まない草木に飛び移れば、どうなるのか。それは文字通り、火を見るよりも明らかだった。

　数本の樹に燃え移った火は、激しい風に煽《あお》られて、あっという間に炎と燃え上がり、みるみるうちに村全体を猛火が包み込んだ。勘場をはじめ、焼窯四百基、鉱夫小屋二百二十五軒、選鉱場二十三軒、銅蔵や炭蔵、米蔵などがすべて灰燼《かいじん》となった。

　村人たちは炎に遮《さえぎ》られて、水のある谷底に行くこともできず、山の高台に登れば、風に乗った炎が追いかけてくるから、まさに火炎地獄だった。

　しかも、猛烈に広がる黒煙で目の前は見えなくなり、息もできなくなる。延焼を防ぐために、わざと火をつけることもあるが、それが災《わざわ》いして、四方八方に火は燃え広がり、阿鼻叫喚《あびきようかん》の大災害となったのである。

　焼失したのは十八万貫の木材と、十万貫の炭という想像を絶するもので、それよりも、逃げ道を誤った百三十人余りの人が焼死したことは、住友家にとっても痛恨の極みであった。犠牲者を弔《とむら》い悼《いた》むために、蘭塔婆《らんとうば》が銅山内に設けられたものの、人々の心が癒されることは決してなかった。

「あのようなことが、二度と起こってはならん……」

　坑道を出て来た鉄次郎は、見たこともない遠い昔の火事を思い浮かべていた。常に気を配っていることではあるが、特に空気が乾いて、谷風の強くなる頃には、より一層、火事にならぬよう目を配っていた。

焼窯を見廻ったときである。

見慣れぬ人影があって、鉄次郎が近づこうとすると、背中を向けて、少し高台になっている小足谷《こあしだに》の方に駆けだした。この地は後の明治になって、鉱夫たちの慰労のために、千人も入れる劇場が建てられた所である。

——頬被《ほおかむ》りまでして、妙な奴だ……。

嫌な予感がした鉄次郎は、その小柄な男を追いかけたが、野ねずみのような速さで、あっという間に姿を消した。

すると、しばらくして、少し離れた雑木林から煙が立ち上って、みるみるうちに火が燃え上がるのが見えた。あっと見やった鉄次郎は、今しがた逃げたばかりの男が付け火をしたのではないかと察した。

考える間もなく、火や煙があがる方に駆けだしながら、

「火事だア！　火事だぞう！　火消しを呼べ、火消しだア！」

と声をあげた。すぐさま、近くの小屋にいた吹方や炭方の職人らが飛び出してきて、鉄次郎が駆け上る雑木林の方を見やった。

「こりゃ、いかん！」

「急げ、急げ！　火を消せえ！」

元禄の大火事を教訓にして、銅山内では万が一、山火事などが起こったときに駆けつけるよう〝消防団〟のようなものを作っており、火《ひ》の見櫓《みやぐら》の鐘が鳴ると仕事の手を止めて、一斉に火元に向かった。

銅山内の至るところに、雨水を溜めた水桶を設置しており、梃子《てこ》の要領で倒したり、柄杓《ひしゃく》を使って水をかけたりできるようになっていた。また、火が広がらぬよう、わざと伐採をして空き地を作ったりしていた。

幸い火はまだ小さい。今のうちに踏み消してしまえば、他の樹木に移ることはあるまい。ただ、風が心配だった。火種が空を舞って遠くに落ちれば、火消しが何十人集まっても始末に苦しむであろう。

急な坂道を登ったとき、数間《すうけん》先の灌木《かんぼく》の葉に火を放っている先程の頬被りの男がいた。鉄次郎は思わず、

「こらあ！　なんしよんぞ！」

怒声を浴びせながら、猛然と猪《いのしし》のように突っ込んでいった。相手は、こんなに早く鉄次郎が追いかけてきているとは思ってなかったのであろう。びっくりして腰が砕

け、手にしていた焙烙《ほうろく》のようなものを足下に落とした。

「あっ……」

男の足下から、火種の入っている焙烙がころころと転がった。それが下草に燃え移るのを見て、鉄次郎は下方から駆け上ってきている火消しの連中に声をかけた。

「この真下に火種が転がったぞ！　急いで拾って消せえ！」

何度もそう声をかけながら、鉄次郎は翻《ひるがえ》って逃げていく男を追いかけた。銅山の者でないということは明らかだった。その先は切り立っている岩がある。足場が危ないから、地元の者は通ることを避けるはずだ。

案の定、頰被りの男は、足を止めて凝然《ぎょうぜん》となった。

あっという間に追いついた鉄次郎は、躍りかかるように男を羽交《はが》い締めにした。

「ばかか、おまえは。儂《わし》らにとったら、この辺りは庭の中の庭じゃ」

言いながら頰被りを取ると、やはり見覚えのない顔だった。小さなほくろが鼻のところにあって、気弱そうに首を竦《すく》めた。

「付け火は死罪じゃぞ。火炙《ひあぶ》りの刑じゃ。それを承知で、なんちゅう真似をした」

「か、堪忍《かんにん》してくれ……わ、儂ア、頼まれただけなんじゃ……」

「誰に頼まれた」

「それは……」

「言えッ。言わんか、このう！」

鉄次郎の太い腕が男の首に掛かると、相手は藻掻《もが》きながら、

「言う……い、言う……」

と足をばたつかせた。ほっと息をついた男は、

「だ、代官のお役人様じゃ。儂は川之江の住人で、佐助《さすけ》っちゅうもんだ」

「代官の役人が……？」

訝《いぶか》しげに睨《にら》みつける鉄次郎に、男は両手を合わせて、

「ほんまじゃ。信じてくれ。儂は仲持のふりをして、山を登って来たけど、銅山の人々の暮らしを見ていて、迷うたのじゃ……ほんとに付け火をしてよいものか、どうか」

「………」

「けど、やらにゃ、儂の女房と娘が殺される。代官様は本気じゃと脅《おど》されて……」

しゃがみ込んで全身をぶるぶると震《ふる》わせているのは、まさに野ねずみのようだった。

「もしかして、命じたのは代官手付の河瀬主水ではないか」

「ど……どうして、それを……」

「そうか。あいつ、そんなことをしてまで、何がなんでもこの銅山を公儀の手にしたいっちゅうのか」

そのために、御用銅を横流ししていた三善清吉のこともあれこれと探っていたことは、鉄次郎も承知している。その清吉は、鉄次郎に殴られた後、何か手段を講じたらしく、その後抜け銅の噂はなくなっていた。今度は火事を起こして、その責任を住友家に押しつける気なのであろう。

「卑劣なことをするもんじゃのう……」

怒りに震える鉄次郎の鬼のような顔を見上げながら、佐助は申し訳なかったと両手を合わせた。悪い人間ではなさそうだ。

――このままでは、銅山の者たちに酷《ひど》い目に遭わされるかもしれんな。

そう思った鉄次郎は、佐助を立たせて、

「この先の崖道《がけみち》をまず進んで、尾根の方に登れ。そしたら小さい滝があるけん、道は急じゃがゆっくり降りていけば、銅山川の方に行ける。さあ、急げ」

「え……」

「いいから行け。捕まると厄介《やっかい》じゃ。後は、儂がなんとかする」

佐助は感謝の思いが言葉にならず、深々と頭を下げると、もたつく足取りで鉄次郎に言われたとおりにした。

反対の方を見下ろすと、火の勢いは落ち着いて、広がらずに済んだようだ。ほっと胸を撫《な》で下ろした鉄次郎のもとに、二、三人の若い衆が駆け上ってきた。

「誰かが付け火をしたそうじゃが、そいつはどうしたッ」

若い衆のひとりが今にも絞め殺してやるとばかりに、辺りを見廻した。幸い、佐助の姿はもう見えなかった。

「それがすばしっこい奴でな……儂がここに来たときには、もうおらなんだ」

「なんじゃと。ほんまか」

「ああ。済まん」

「どんなツラをしていた」

「それが……よう分からん」

「じゃ、体つきは。この銅山の者か」

「それもよう分からん。うちの奴ではないと思うがな」

「――そうか……」

若い衆はほんのわずか訝るように鉄次郎を見やって、

「それにしても、焙烙で火をつけるとは穏やかじゃない。なんとしても見つけて、どがいかせんといかんな」

「そうだな……」

鉄次郎は曖昧《あいまい》に返事をしたが、この一件が、もっと大きな物議を醸《かも》し出すとは、思ってもみなかった。

二

半月ほどして、旅芸人の『玉川夢之丞《たまがわゆめのじょう》一座』が銅山町に訪れてきた。夏祭りで一番の見世物である。

母子ものの芝居や華麗な歌舞や謡《うたい》、俄《にわか》などで村人を楽しませているときも、鉄次郎は採掘の仕事の後は必ず、銅山内の見廻りをしていた。数人ずつの組になって、不審者を取り締まる、いわば自警団のようなものだった。

特に、近頃になって、銅山に流れてくる者を警戒していたのだ。新参者とはいえ、訳もなく、〝公儀の犬〟ではないかと疑うのは心が痛んだが、村を守るためには仕方のないことだった。

鋪庄屋は住人の顔や名や住まいを承知しており、普段の暮らしなども仕切っているから、村人が妙なことをすることはない。むしろ銅山を誇りにすら思っている。だが、今般の旅芸人一座に混じって、公儀隠密が潜んでいて、何か仕組んでいることも考えられた。

銅山経営については、鉄次郎たち一介の掘子がどうこうできることではなかった。だが、またぞろ付け火をされては、村人の命に関わる。目を光らせていて当然であった。

この日も、鉄次郎は新八《しんぱち》と為三《ためぞう》ら数人を引き連れて、風上にあたる樹林のある杣道《そまみち》を目を懲《こ》らして歩いていた。付け火の警戒もあるが、自然発火も気に掛けながらの見廻りは、結構、骨が折れた。

その途中、新八がふいに立ち止まって、

「こんなことをして何になるかね、鉄っちゃん」

と声をかけた。

「ん？　どういうことじゃ」

「これは、儂たちが言ってることじゃないけん、悪く思わんで欲しいが……」

新八は少し考えて、決意をしたように、

「もしかして、鉄っちゃん、あんたが代官役人の手先じゃないか、そう疑ってる者もおる。そんなことは、絶対にないよな」

「儂が代官の……」

鉄次郎は鼻で笑って、

「なんで、そんなことを思われにゃならん」

と歯牙《しが》にも掛けないように言うと、為三は真剣なまなざしで、

「ほれ。清吉さんのことじゃ……あいつは、泉屋住友の奉公人でありながら、銅の横流しをして汚い儲けをしとった。それを追及すると、鉄っちゃん、あんたは長老たちに啖呵《たんか》を切ったじゃないか」

「ああ……」

「けど、結局、何事もないように片づけてしもうた。おみなさんをおもんぱかってのことじゃろうが、銅山の者はほとんど納得しとらん」

「だが、誰も傷つかずに済んだ」

「それも分かっとる。清吉さんを深く突っついたら、その手伝いをした奴らも罪を問われる。じゃけん、適当に誤魔化した。鉄っちゃんは、裏切り者も同じじゃと言うとる者もおる」

「勝手に思わせとけ。万事うまくいけば、それでええんじゃないか」

にこりと微笑《ほほえ》みながら言う鉄次郎に、今度は新八が心配そうに声をかけた。

「いや、逆なんじゃや……清吉は実は、代官と通じてて、住友を陥《おとしい》れようとしていたという噂じゃや。それを庇《かば》った鉄っちゃんも、実は裏で繋がってた。それがバレたら、幕府の謀《はかりごと》がバレよる。だから、丸く収めたんじゃと」

「ばかばかしい」

「いや。そう思い込んどる大人《おとな》は多いンじゃ」

大人とは、若い衆とは違って、ある程度の年を重ねた熟練者のことである。

「鉄っちゃんは若いのに、山留になる器じゃと持ち上げる人も多いが、それが気に食わん大人も仰山《ぎょうさん》おる。そいつらは妬《ねた》んどるのじゃ、切上がり長兵衛の子孫ちゅうのも鼻持ちならんと」

「人の噂なんぞ、気にしはじめたらキリがない。相手にすな」

「自分だけが、こんな見廻りを厳しくするのも怪しいと言う奴もおる。毎年、楽しみにしてた芝居見物もせずに、仕事ばかりするのも妙だと疑う者も」

「おまえら、心配性やなあ」

言いたい奴には言わせておけと、普段通り笑う鉄次郎に、為三は心配そうな顔で、

「――とにかく、しばらくは、あんまり出しゃばったことをせん方が鉄っちゃんのためや。気をつけといてや。理屈では分からん奴らもおるけんな」

「ありがとうな」

微笑み返した鉄次郎だが、脳裏の何処《どこ》かには、

――今までと違うぞ。

という空気は感じていた。もしかしたら、河瀬が隠れて悪巧みを仕組んでいるのかもしれない。そう感じていた。

「おまえたちが案ずることじゃない。住友はそれこそ徳川の治世の前、戦国の世から続いとる〝御大家《おたいけ》〟じゃけん、幕府に潰されるようなことはない。いや、幕府がのうなったとしても、ずっと続くに違いあるまい」

後十年程で幕府が倒れることを知っていたわけではないが、鉄次郎はそう断じた。

たしかに、住友家の先祖は、信長《のぶなが》の重臣だった柴田勝家《しばたかついえ》の家臣・入江若狭守政俊《いりえわかさのかみまさとし》であった。賤ヶ岳《しずたけ》にて豊臣秀吉軍と戦った後、北ノ庄《きたのしょう》城に立て籠《こ》もって、主人に殉死した猛将である。その孫の政友《まさとも》という人物が、武士から涅槃《ねはん》宗の僧侶、さらには商人に身を変えて、薬種問屋を成功させ、はたまた恵心僧都《えしんそうず》の『往生要集《おうじょうようしゅう》』を刊行したりした。

そして、政友の義兄である蘇我理右衛門《そがりえもん》が京の五条《ごじょう》で営んでいた、「泉屋」という〝吹屋〟と組むことで、家業を盛り上げたのである。〝吹屋〟とは金属の精錬や鋳造《ちゅうぞう》をする所で、銅吹きのみならず、様々な細工物などを扱い、銅山経営もしていた。そして、理右衛門が編み出した〝南蛮吹き〟という手法で精度を増し、

——銅といえば、住友。

と世間に信用されるようになった。住友の姓は、祖父の入江若狭守が、住友若狭守とも名乗っていたからだ。その先祖は、住友備中守《びっちゅうのかみ》で、室町将軍に仕えていたという。

徳川の世になる前から、泉屋住友は営々と続いてきており、押しも押されぬ大商人であるから、決して屋台骨は揺るがない。それを銅山の中から支えているのは自分たちだという思いが、鉄次郎にはあった。

しかし、そんな鉄次郎の思いとは裏腹に、足を引っ張られる事態が数日後起こった。

歓喜坑《かんきこう》と呼ばれる、元禄時代に最初に見つかった路頭から掘り下げられている坑内で、鉄次郎は自分の先祖の掘り方の、〝切上がり〟を試していた。そうすることで、良質の銅を新たに発掘することができるからである。

腹ばいになって首を上げての作業は体に負担がかかり、効率もよくないし危険も伴う。だが、鉄次郎は精一杯、自分なりに工夫をして掘っていた。

だが、その上部にある坑道が抜けそうになった。そのため、鋪庄屋を含む大人たちが、抜けないように、鉄次郎が掘ってきた所を崩してしまったのである。まさに、先祖の長兵衛が、他の鉱夫の嫉妬《しっと》を買って、埋められたのと同じであった。

丁度、掘り上げていた鉄次郎は、崩れてきた岩盤の下敷きになって、まさに生き埋めにされたのである。

崩した大人たちは、まさか、そこまで大きく崩れるとは思わなかったので驚いたが、

「きちんと山の掟《おきて》に従わず、勝手に切り上げるからいかんのじゃ。自業自得じゃわい」

と原因をすり替えた。だが、若い衆の新八や為三たちは、

「おまえらが生き埋めにしたんじゃないか」

などと食ってかかった。だが、そのようなことをした証があるわけではない。逆に、他の長老たちに諌《いさ》められた。

だが、新八たちは十数人の若い衆を集めて、掘り返して、鉄次郎を助けようと躍起

になった。三日三晩かかって、瓦礫《がれき》をかきわけながら掘り進んだが、そこに鉄次郎の姿はなかった。

「鉄次郎……鉄っちゃん！」

薄暗い坑内には、空しく声が響くだけだった。しかも三日も経っていれば、食う物もなく、息も苦しくなって死んでいるかもしれないと思われた。

だが、鉄次郎の声がこだまするように返ってきた。

「おう、こっちじゃ、こっちじゃッ」

元気な声である。だが、そう繰り返されても、声が坑道に反響してあちこちから飛んできて、何処にいるのか分からない。

「どこじゃ。どこにおる、鉄っちゃん。もしかして、甲の三番かア」

「その声は新八じゃな。さすがは察しがええ。乙の十五番から入って、甲の六番に続くじゃろう。そこから、上がった所じゃ。ここも上の坑道に繋がってるから、そっちから出られる。そやけど、崩れた石があるから、外から叩いてくれえ」

坑道は複雑に入り組んでいるから、迷わないように場所を示す番号が記されている。灯りがなくても、木札に番号を彫っているので、迷うことはない。坑内に万が一のことがあったときの案内板である。

「分かった！　もう少しの辛抱じゃ！　頑張ってくれよ！」

新八たちは口々に励ましながら、さらに応援も頼んで、鉄次郎はその半刻（一時間）後には外気を吸うことができた。鉄次郎は若い衆たちに深々と頭を下げたが、それを取り囲むように見ていた年配の鉱夫たちは、今にも殴りかからん目つきで眺めていた。

「なんじゃ。文句あるんか、こらッ」

為三が思わず声をあげた。手にしていた鑿をぐいっと突き出す仕草をすると、それを止めたのは鉄次郎だった。

「おいおい。それは銅鉱《いし》を掘る道具じゃないか。引っ込めや」

諭《さと》すように言ってから、大人たちに向き直って、

「ご迷惑をかけました。水が漏れてたから命拾いしましたわい……これからは、こんなことにならんように、〃切上がり〃はせんよう気をつけますんで、みなさんも気をつけてつかあさい」

と軽く頭を下げた。だが、その目は鋭く、相手を責めているようだった。

「——おまえのお陰で、楽しいはずの芝居見物も〃わや〃になった……まあ、生きて帰れてよかった。今後は気いつけや」

鋪庄屋が言うと、若い衆は腹を立てて、

「わりゃ、喧嘩売っとるのか！」

と突っかかりそうになったが、鉄次郎は両手を広げて制止するのだった。

三

その夜、無事、帰還した鉄次郎を、母親のお鶴や弟妹たちが温かく出迎えたが、長男の福太郎は顰《しか》めっ面で、

「厄介なことになったな……厄介なことに……」

と何度も繰り返していた。

空きっ腹に酒を飲んで、ご飯と干物をかき込んでいた鉄次郎に、なぜだか福太郎は偉そうな口調で、

「おまえは……儂ら親子を飢え死にさせる気イか、鉄」

「飢え死に？　ああ、すまん、すまん。三日も食うとらんけんな」

もぐもぐと飯を食べ続ける鉄次郎へ、福太郎は声を荒らげた。

「暢気《のんき》なことをぬかすな。おまえのせいで、儂まで白い目で見られとるのじゃ。この

ままじゃ、銅山での仕事はなくなり、一家離散か一家心中か……そうなるかもしれんのぞ」

「何の話じゃ。兄貴の話は、いつも説明が足らん。順を追って話してくれ」

「じゃかあしい。おどれは山留になると持ち上げられて、ちいとばかりええ気になっとるが、陰で何と言われとるか知っとるか」

「儂は陰口は気にせん。陰口言う奴がいっちゃん好かん」

「おまえの好き嫌いなんぞ、どうでもええ。鉄……おまえのせいで、母ちゃんも万吉や千代までが迷惑被《こうむ》っとるんじゃ」

「そやから、それは何ぞい」

福太郎はあまり飲めない酒をぐいっと口に含んで飲み込むと、

「棹吹き職人の間じゃ、おまえこそが代官所手付の河瀬様と通じていて、清吉さんの悪事をバラしたんじゃないかという噂じゃ」

福太郎は体力がないので掘子は勤まらないから、棹吹きの手伝いをしている。

とはいえ、焼窯で、鉱石から分離させた銅を、素吹床から取り、さらに再び炉で溶かして直径が一尺余りで、厚さが五分の銅板を作り、さらに、純粋な棹銅にするために棹吹きする作業もきつい。熟達した技術も要するが、福太郎はその補助をしているだけだった。むろん、ちゃんとした製品は大坂の吹所で作るが、銅山内にもその設備は沢山あった。

棹銅に関することゆえ、その棹吹所では、色々と噂を聞くのだ。

「そんな噂はほっとけ」

「そうはいかん。儂らの生き死にに関わるこっちゃ」

「大袈裟《おおげさ》じゃのう」

「じゃけん、おまえは世間知らずじゃちゅうのじゃ。ええか、よう聞け」

説教だけは長男ぶっているときがある。そんな福太郎の話を、鉄次郎は食べながら黙って聞いていた。

「おまえ……佐助っちゅう川之江の者を助けたらしいな。付け火をした奴だ」

鉄次郎の箸《はし》が止まった。

「どうして、そのことを知ってるんや」

「――やっぱりか……」

福太郎はしたり顔になって、

「そんなことやと思うた。儂は知らなんだが、枯れ木に焙烙の火種で火をつけた輩《やから》を追いつめたらしいが、それを捕まえ損ねるようなおまえじゃない。誰もがそう思ってな、もしかして、わざと逃がしたんじゃないかと、もっぱらの噂じゃった」

「………」

「そしたら……その佐助ちゅう奴がバラしよったらしい。また別のときに、御番所の奴に見つかってな」

御番所とは、小足谷から、芋野《いもの》や小箱越、勘場平《かんばなる》、奥河又《おくかわまた》、土居《どい》など天満浦に至る〝輸送路〟の途中にある場所で、銅山の者が怪しいと見て誰何《すいか》したのだ。すると、番人のひとりが、鉄次郎が逃がした男になんとなく似ていると思って追及すると、

――鉄次郎が逃がしてくれた。

と認めたというのだ。

「情けが仇《あだ》とは、このことぞ」

忌々《いまいま》しげな顔で、福太郎は続けた。

「逃がしたのは、おまえが河瀬様と繋がっているからこそだ。そう疑う者もおる。河瀬様とは、ふたりだけで、こっそりと会ったことがあるそうやないか」

「それは……河瀬の旦那が、儂に銅山の中の密偵役をせいと言って来たから、断っただけのこっちゃ」

「けど、代官所役人と一介の掘子がつるんでるのはおかしい。やっぱり、おまえは本

当は公儀の犬じゃないか。そやから、清吉さんも、おまえのことを何かと憎たらしく思ってるんじゃないかと……みなはそう思うとる」

「──みなって……」

「みんなはみんなじゃ、ボケ」

「儂は知らん。それは間違いじゃ。儂は河瀬さんとも清吉さんとも、いや他の誰とも裏で通じとるじゃの何じゃのという、ややこしいことはしとらん。ほんまのことじゃ」

「嘘か本当か、なんて話はどうでもええわい」

福太郎は決然と鉄次郎を睨みつけて、

「よしんば、おまえが正しいとしてもじゃ、一度、かけられた疑いはなかなか晴れん。おまえは銅山にとっての裏切り者。それを払拭することは難しい」

「…………」

「おまえが、この銅山におるちゅうだけで、儂らも白い目で見られる。住みにくうなる。そやけん、こっから出ていってくれんか」

「なんじゃと?」

「それしか、儂ら親子がここで生き延びる道はないんじゃ」

きっぱりと言われて、鉄次郎は愕然《がくぜん》となった。

情けが仇とは、兄貴のことではないかとさえ思った。父親が死んでからこれまで、大黒柱になるはずの福太郎は、採鉱夫のきつい仕事は嫌だと村を飛び出して、何年か物売りの真似事をしたものの、どれもうまくいかず、鋪庄屋らに面倒をかけて、銅山に戻ってきたのはつい先年のことではないか。

その間、ずっと鉄次郎が母親と弟、妹を養ってきた。弟の万吉は算盤《そろばん》を学んで、今は勘場で帳簿付けの仕事をしているが、千代はまだ働きに出すには幼い年だ。せいぜいが選鉱の手伝いで、日銭もろくになかった。母親のお鶴も長年の苦労が祟《たた》って体を痛めている。

「俺がおらんなって、これから先、どうするつもりや」

鉄次郎が聞き返しても、福太郎は「どうとでもなるわい」と言って、邪険にするだけであった。我が身が危ういことだけを心配しているようだった。

「――そうか……兄貴がしっかり面倒見てくれるのなら、儂はおらんでもええ……迷惑ならば出ていく」

「ほうか。分かってくれるか」

「ああ。でもな、儂は誰にも後ろ指さされるようなことはしてない。神仏に誓うて、何ひとつ、逃げなきゃならんことなどしとらん。それだけは分かってくれや」

ゆっくり箸を置く鉄次郎に、お鶴は辛《つら》そうに瞼《まぶた》をぴくぴくさせながら、

「いや……鉄。おまえは、ここにおったらええ……何処へ行くこともないぞ」

と言った。

「そうや。あんちゃんは何も悪くないもん」

千代も同じ気持ちだと頷《うなず》いたが、福太郎は声を強めて、

「善悪はどうでもええんじゃ。鉄次郎さえおらなんだら、儂らの暮らしはきちんと面倒見たると、勘場の人も言うとるんじゃ。そうじゃろうが、万吉」

「え、ああ……」

曖昧に返事をした万吉に、鉄次郎がそうなのかと問いかける目を向けると、

「なんちゅうか……まあ、そういうことじゃ……」

意志が弱いのが万吉の持って生まれた性格だったから、福太郎に従うしかないと思ったのであろう。千代はなぜか泣きはじめた。これで一家が離散するのではないかという、漠然とした不安が沸き起こったようだ。

「――分かった。儂もバカじゃない……薄々は感づいとった」

と鉄次郎が言うと、福太郎が聞き返した。

「感づいとった?」

「まあ、おそらく清吉が裏で色々とやっていることやと思うが、よほど儂のことが憎いらしい。なんでか知らんが、ここまで徹底してるとなりゃ、出ていかざるを得んわな」

「清吉さんにとって、おまえが厄介なのは、これまで何度も、日銭の値上げやら銅山の小屋の新築やら、色々と勘場のお偉方をつるし上げたからじゃ。若造のくせして生意気やと、住友本家の方にも伝わっとるらしい」

「………」

「そんな奴に銅山におられては敵わん。それが本音かもしれんな」

現代で言えば、〝労働争議〟が長い銅山の歴史の中であるのは、当たり前だった。殊《こと》に、宝暦年間から二十年余りにわたって続いた、住友家内の隠居と当主との〝御家騒動〟に関わることで、銅山村が二分するほどの騒動が起き、天明年間には未曾有《みぞう》の大飢饉もあいまって、暴動が起こった。

そんな騒動の首謀者のひとりが、鉄次郎の祖父や親戚であるから、銅山の〝経営者〟から見ても、潰しておきたい奴だったのかもしれぬ。

事実、鉄次郎自身も村人の暮らしの改善のために、口屋まで出向き、かなり清吉に

厳しいことを訴えていたから、

――憎い奴。

と思われていたに違いない。だからといって、裏工作をしてまで追放しようというのは、あまりにも非道であった。

お鶴が深い溜息をついて、しんみりとなったとき、ドンドンと表戸が叩かれた。

四

「こんな夜分に、誰や……」

福太郎が表に出ると、そこには、新八や為三たち若い衆が数人、集まってきていた。物騒なことに、手には竹刀《しない》や棒、竹筒などを持っていた。

「鉄っちゃん。儂ら、覚悟したぜ」

新八たちは、福太郎を押しのけて、中に入ってきて、

「あんたのことを、私刑に遭わせるちゅう年寄りや大人連中を、こっちから先に、ぶっ潰してやる。でないと、あいつら、鉄っちゃんを今度は本当に殺す気や」

のっそりと出てきた鉄次郎は、徒《ただ》ならぬ様子を察しながらも、

「なんぼし、そこまでするかい」

と笑ったが、新八たちは真剣な顔つきであった。

「いや。鉄っちゃんを生き埋めにしようとしたのも、あいつらや。あいつらこそ、清吉の廻し者や。間違いない」

「ああ。だから、儂たちが怒りの鉄拳を下してやるだけじゃ」

ふだんは大人しい為三までが息巻いている。そんな殺伐《さつばつ》とした様子を見て、鉄次郎は上がり框にデンと座ると、

「まあ、そう言うなや。事を荒立てて、誰かが得した例《ためし》はない」

「じゃけんど……」

「今も兄貴に説教されたところや」

少し皮肉めいた言い草だが、鉄次郎の本音でもあった。

「儂がこの村におることで、誰かが迷惑をするなら、潔《いさぎよ》く出て行こうと思う。銅山は別子だけじゃなかろう」

「けど、足尾《あしお》はもう閉山同然だし、他の所も……」

「我が身ひとつ、なんとかなろう。だが、心配なのは、おふくろや兄弟たちのことじゃや」

と鉄次郎は後ろにいるお鶴たちを振り返って、

「おふくろたちを守って貰いたい。おまえたちも親兄弟はおるが、うちの者たちはちょっとばかり頼りにならん。何かあったら、頼んだぞよ」

「鉄っちゃん……ほんまに出て行くつもりか……山留になるのは、あんたしかおらんで……源三さんがいなくなって、あんたまで……儂たちこそ、どないしたらええんじゃ……見捨てんといてくれ」

新八は半分、泣き出しそうな声になった。

「長老や鋪庄屋、大人の連中も、代官所役人とも銅山のお偉方とも面倒は起こしとうないのやろ。そりゃそうや。儂かて余計な騒ぎは起こしとうない」

「だったら……」

「そのために、儂は去る……けど、このままで終わらす気はない。いつかは必ず戻ってきて、山留になってやる。銅山をぜんぶまとめる、山留の惣領になったる」

鉄次郎は、決して物騒なことをするなと新八たちを帰した。

その夜のうちに、お鶴と兄弟に別れを告げた。千代はいつまでも泣いていた。だが、福太郎は、鉄次郎が銅山からいなくなること、それが最もよい選択だと思っていた。

別れ際、お鶴は、粒銀や銭などばかりで四千文分、およそ一両に相当する金を鉄次郎に持たせた。

「これが、うちにできる精一杯のことや。申し訳ない……申し訳ないのう……うちは、おまえと一緒に行きたいのは山々じゃが……まだ、千代も小さいし……」

「案ずるな、母ちゃん。儂は負けへん。それより、達者で暮らしてくれ。必ずいつか、迎えに来るけん」

「ほんまか」

「ああ、ほんまじゃ」

鉄次郎の手を握るお鶴の手は、子供のように小さく感じた。ただ、何十年もの苦労の染みこんだ、かさついた手だった。

振り切るように背中を向けると、鉄次郎は峠道に向かって駆けだした。

夜逃げのようにして銅山を立ち去る謂《いわ》れはない。だが、そうしなければならぬと、鉄次郎自身が心に決めたことだ。明日になって、村中が二分して争い事になれば、新八たち若い衆が大人たちに何をするか分からない。そんなことになれば、作業が止まってしまう。諍《いさか》いも増えてしまう。そして、村中が一心同体でやらねばならぬ仕事が立ち後れる。

――我ひとりが悪者になりゃ、それでええ。

その思いで、鉄次郎は銅山を下りたのである。

だが、それで済む話でもなかった。

新居浜浦に向かう道にも、天満浦に向かう道にも、なぜか夜通し松明《たいまつ》が焚《た》かれていて、鉄次郎を探していた。代官所から人相書までが出て、付け火をした疑いで探索をされていたのだ。

「なんじゃ、こりゃ……」

どこまで人を追い詰めれば気が済むのだ。鉄次郎は怒りを感じながらも、新居浜浦に向かう道は避けた。顔見知りが多いからである。雲ケ原《くもがはら》を越えて、種子川《たねがわ》の源流から渡瀬《わたるせ》左岸《さがん》などに出ることもできるが、それよりは、銅山川沿いの道を下って、堂々と川之江に向かった方がよいと判断した。

途中、平家落人《へいけおちうど》が祀《まつ》られた山城《やましろ》神社や南朝の新田《にった》氏由来の新田神社、土佐の雲谷《うんこく》山円通寺《さんえんつうじ》の分院などに参拝をして、勘場平という中宿に辿り着いた。天満浦と別子の〝中継地〟だ。ここで、鉄次郎は、次の巡業先へと向かう『玉川夢之丞一座』と遭遇した。

夢之丞は女である。もう三十路《みそじ》を過ぎているが、女旅芸人としては、西国でかなり知られていた。歌舞伎は男しかできず、女人歌舞伎は御法度《ごはっと》であるから、江戸や名古屋、大坂などの小屋では芝居を打つことができないから、諸国を廻るしかないのだ。銅山の世話役として毎年、顔を合わせていた鉄次郎を、夢之丞は一座の泊まる旅籠《はたご》に招き入れて、

「大変な目に遭っているようですね。なに、別子でも色々と耳に入りました。今年は、山留の源三さんが亡くなったから、鉄次郎さんは芝居で浮かれたくなかったとか」

と慰めるように言った。

「いや、そういう訳でもないのだが……なんだか知らぬが歯車が狂うてのう」

「ならば、私たち一座が、身の休まるところまで、お連れいたしましょう」

「それでは、迷惑がかかる」

「何も言わずに従いなさい。旅芸人は芸を披露《ひろう》するだけが仕事ではありません」

「え……」

「旅は情けの貸し借り……源三さんが頑張ってくれなければ、銅山で芝居をすることができなかった。あなたは、源三さんの一番弟子ですからね。きっちり手助けさせて貰いますよ……芸人は関所とて天下御免ですからね」

女っぷりのよい夢之丞は、舞台化粧をしていなくとも、舞台の上のように気だてがよい。有無を言わさぬと見得を切ってみせる夢之丞に、鉄次郎は有り難くて涙が出そうだった。

そんな鉄次郎の膝の上に、ちょこんと座る女の子がいた。まだ四歳くらいの夢之丞の娘である。振り返って、にこりと微笑みかける娘の笑顔と小さな体の温もりに、鉄次郎は救われた気がした。


その夜中――。

新居浜浦の口屋でも、松明が焚かれており、夜通し、鉄次郎の姿を探していた。

当時、別子銅山の粗銅などを大坂に送る湊で、何十艘もの船が出入りしているとはいえ、漁村だから淋しい。垣生《はぶ》や金子《かねこ》という村の賑《にぎ》わいには及ばなかった。

口屋に程近い三善清吉の屋敷も、周りは田畑ばかりの所にポツンとある一軒家だった。

行灯《あんどん》あかりの中で、おみなは目を閉じて南を向いていた。別子銅山の方である。

静かに襖《ふすま》が開いて、入ってきた清吉の羽織の肩には、松明の燃え滓《かす》でもかかっていたのであろうか、うっすらと汚れがある。おみなは立ち上がって、それを手拭いで取ろうとした。すると、清吉は乱暴にその腕を摑《つか》んで、

「何を拝んでたのや」

「え……」

「仏壇はこっちや。銅山の方に向かって、何を拝んでたのかと訊いてるのや」

「それは……私の故郷が、いつまでも安泰にと……」

「そうやなかろう。おまえは、鉄次郎の無事を祈っておった。違うか」

睨みつける清吉から目を逸《そ》らしたおみなは、腕を引っ込めようとしながら、

「何をばかなことを……恐い顔して、どうしたのですか、旦那様」

「惚《とぼ》けるな。鉄次郎が銅山から逃げたことは、おまえも承知してるやろ。さっき、鋪庄屋の使いが、早馬で報せに来たのやからな」

「知りません。どういうことですか」

そう言いつつ、おみなの瞳は不安そうに揺れていた。

「おそらく、川之江代官所も血眼《ちまなこ》になって探しているやろな」

「どうしてです」

「付け火をしたり、銅山の長老に逆らったり、色々と面倒なことをやらかしてばかりやからな。源三を亡くして、おまえまで失ったから、頭がおかしくなったのやろ」

「──そんなこと……」

首を振りながら、おみなは床に座り込んだ。その腕を摑んだまま、清吉は言った。

「明日になれば、おそらく捕まるやろ。何しろ、お上に楯突《たてつ》いてばかりやからな。あんな奴は住友家にとっても鬼子みたいなものやからな。とっとと獄門《ごくもん》にでも晒《さら》されたらええ」

「まさか……そんな悪いことをしたんですか。そうは思えません」

「ほれみろ。すぐ味方をしてるやないか」

「それは……」

「おまえも案外、鉄次郎のことを好きやったのと違うか?」

清吉は嫉妬というよりは、憎しみすら含んだ目つきで睨んで、

「祝言《しゅうげん》を挙げてからというもの……いや、その前から、おまえは、心ここにあらずや。親のために身売りでもしに来たつもりか。褥《しとね》を共にしても、まるで人形でも抱いているようや。なあ、おみな……私のことが、そんなに嫌いか」

「旦那様。勘違いをしないで下さい。私は旦那様に惚れたからこそ、一緒になったのでございます」

「その口ぶりよ。たかが、掘子の娘のくせして、何を気取っとるのや」

「……」

「私がおまえに惚れたのは、その顔や……その姿や……女房として人前に出しても恥ずかしゅうないからな。いや、自慢すらできる。それだけのことや」

清吉が意地悪な言葉を吐き出すと、おみなは俄に込み上げてくるものがあって、胸が苦しくなってきたようだった。そんな姿を見ながら、追い打ちをかけるように清吉は言った。

「実はな、鉄次郎の奴が銅山におられぬようにしたのは、この私だ……なに、驚くことはない。勘場の者たちも、長老たちも、みな承知していることや」

「な、何のために、そんな……」

「身分をわきまえずに、私を見下すからだ。偉そうに、この私に情けをかけて、ええ気になってるからや」

「そ、そんなこと……」

「分かるンだ。私をバカにしてるってな。だから、情けなどかける。あいつは、そういう身の程知らずなのや」

眼を細める清吉の顔をまじまじと見つめて、おみなは哀願するように、

「嘘でしょう、旦那様。あなた様も本当は、そんな酷《ひど》い人ではないはずです」

「私も？　ということは、鉄次郎はいい人なのか？」

「だ、旦那様……困らせないで下さい」

「おまえを困らせたのは私ではない。鉄次郎というバカな男のせいだ。代官所役人に私を売ろうとした、その罰だ」

嘘八百を述べながら、清吉が凶悪な目になるのを、おみなは泣きながら見ていた。

五

川之江からは、土佐に行く道、阿波《あわ》に行く道、讃岐《さぬき》に行く道と分かれる。『玉川夢之丞一座』はまっすぐ雲辺寺山麓《うんぺんじさんろく》の険しい道を阿波に抜けるという。吉野川を下って、徳島城下で芝居を打つと鳴門《なると》を廻って、また讃岐に戻るという。

——讃岐は芸所。

と言われるように、金毘羅《こんぴら》大芝居をはじめとして、掛小屋芝居や農村歌舞伎を含めると、数百に及ぶ芝居をする所がある。その分、夢之丞のような旅芸人が披露する場もあるということだ。

「では、また会えるかどうか分からんが、達者でな」

鉄次郎が感謝を込めて手を握ると、夢之丞もしっかりと握り返してきて、

「あなたなら、きっとうまく行くと思います。人生は旅と同じ。山あれば谷あり」

「そうじゃな」

「でも、しっかり、やるべきことをして生きていれば、きっといい運もついてきます。私たちが四国を巡っているのは、御大師様《おだいしさま》と一緒だという気持ちだからです。鉄次郎さんにも御加護がありますように」

「ありがとう。世話になった」

お互いにもう一度、「達者でな」と挨拶を交わして夢之丞と離ればなれになると、鉄次郎は豊浜《とよはま》から観音寺《かんおんじ》を経て、善通寺《ぜんつうじ》に至る街道を向かった。

瀬戸の穏やかな海原《うなばら》と島々の情景、そして讃岐富士には夏らしい陽光が、眩しいくらいに射していた。

——玉藻《たまも》よし、讃岐の国は、国からか、見れども飽かぬ、神からか、ここだ貴き。と柿本人麻呂《かきのもとのひとまろ》が詠んだように、別子の剣のような尖《とが》った峰々とは違って、実に女体のように柔らかな地形と気候であった。ほっとする日射しのせいかもしれないが、ほんの一日か二日前までの銅山暮らしが、すべて夢であったような心持ちになった。

野良仕事をしている百姓や、海や川で漁をしている漁師たちの姿を見ると、いかに自分たちが殺伐《さつばつ》とした暮らしだったかと思った。

「こういう生き方もあるのだな……たしかに、研市が言うように、峠を越えて、峰を越えてみないと分からんことは、沢山あるような気がしてきた」

金毘羅街道を善通寺に来たとき、地元の人に聞いた、西行法師《さいぎようほうし》が訪ねてきて庵《いおり》を結んだという所に寄ってみた。

住人もあまり近づかないような所だが、近在の農民が掃除をして清めているのであろう、竹藪や熊笹が綺麗に刈られており、石畳や小さな石橋には水も打たれていた。この庵で、一冬過ごして修行をしたという。

西行が善通寺に来たのは、弘法《こうぼう》大師の生まれた地であることと、皇位継承で後白河《ごしらかわ》天皇《てんのう》に敗れ、この地に流された崇徳《すとく》上皇の墓所があるからだ。西行は佐藤義清《さとうのりきよ》という武士で、崇徳上皇に仕えていた身であるが、和歌を通じて親交があった。

——よしや君むかしの玉の床とても、かからむ後は何にかはせむ。

という鎮魂の歌を西行は残しているが、むろん鉄次郎にそのような素養があるはずもなく、ただただ心が清められる思いだった。

善通寺から琴平山《ことひらやま》の金刀比羅宮《ことひらぐう》は目と鼻の先である。海運や豊漁の神様であるが、現世利益もあるというので、せっかくだから立ち寄った。汗を掻きながら、八百数十段の長い階段を登った境内《けいだい》からの眺めは、また一入《ひとしお》だった。

塩飽《しわく》諸島の島々や遥か遠くには播磨灘《はりまなだ》も見渡せる。

銅山峰から見る眺めも素晴らしいが、物見遊山ではないとはいえ、旅の風が心地よい。これから先の鉄次郎の人生も、ほんに見通しがよいような錯覚に陥った。

「おお。絶景かな、絶景かな……」

琴平山には青々とした葉が広がっている。澄みわたる青空には、親子鳶《とび》が軽やかに鳴きながら、元気に飛び回っていた。

麓《ふもと》では、今日も賑やかに市が開かれていた。毎日のように市が立つという。金毘羅街道の両側を埋め尽くすように、ずらりと出商いの屋台や小店が続き、近在の農家が作った穀類や菜の物、生花、特産の絹織物や木綿、桶や履き物など日頃使う物が、活気のある呼び声とともに売られていた。参拝帰りの老若男女が大勢集まって、道は溢れていた。

そんな穏やかな情景を壊す悲鳴が湧き起こった。

同時に、人々の群れを割って、赤茶けた馬がいななきながら、突進して来た。前足を上げて、仰《の》け反《ぞ》るように暴れる馬は野生であろうか、手綱も鞍《くら》もなく、蹄鉄《ていてつ》も打たれていない。人を恐れるどころか、威嚇《いかく》しているようであった。

突然の出来事に腰を抜かす老人や泣き出す小さな子供もいたが、慌てふためく人混みの中から、凛然《りんぜん》と飛び出したのは――鉄次郎だった。

「おい！　危ないぞ！　逃げんか！」

誰かが大声をかけたが、鉄次郎は馬の方を向いたまま、避《よ》ける様子はなかった。むしろ立ち向かうように身構えると、一瞬のうちに、近づいて来た馬の前足をくぐり抜けて体を躱《かわ》すと、御輿《みこし》を担ぐような格好で馬の首を肩に乗せた。さらに鼻息を荒くして、いななきを発する馬に太い両腕を回して、

「どうどう……どうどう」

と制しようとするが、やはり人に慣れていないのであろう、激しく抵抗するように後ろ足で地面を蹴りつけていた。

「落ち着け、落ち着け。誰もおまえを食ってやろうなんて奴はおらぬぞ。さあ、静まれ、静まれ。儂アおまえの味方じゃや。おお、おまえが凄いのは分かった、分かった。じゃけん、もう暴れるな」

まるで子供でもあやすように、鉄次郎は馬の顔を横から眺めながら言った。馬は正面から近づかれるのを嫌う。だから、脇から抱えるようにして、タテガミを掴んで、どうどうと制しようとしたのだ。

やがて、馬は大人しくなった。

それどころか、大きな舌を出して鉄次郎の顔を舐《な》める愛嬌《あいきよう》さえ見せた。

周りで見ていた人々の中から、溜息と感嘆の拍手が湧き起こったが、鉄次郎は殊更、顔色も変えず、

「どっから来たんじゃ……まだ若駒のようじゃが、母ちゃん馬からはぐれたか」

と言っていると、勝手に街道の小径に入って行った。

行く手には河原があり、水を求めているようだが、そのあたりの野生馬かもしれぬ。馬はほんの一瞬、鉄次郎を振り返ったが、解き放たれた鳥のように一目散に駆け去った。

その雄姿《ゆうし》をしばし見送ってから、街道に戻った。すっかり元のにぎわいを取り戻した市の立つ参道を振り返った鉄次郎の目に、これまた異様な光景が飛び込んできた。

暴れ馬の騒動で流れ込んで来ていた人混みの中で、まだ前髪の子供が鮮やかな手つきで、人様の懐《ふところ》から財布を掏《す》り抜いたのだ。相手は裕福そうな旦那風だったが、まったく気づいていない。

「こら、待たんか」

思わず鉄次郎は声をかけたが、もう数間先まで、子供は突っ走って行っていた。

人混みを掻き分けて追った鉄次郎は、平然と歩いて行く子供の背中に、もう一度、

声をかけた。聞こえているのかいないのか、子供は素知らぬ顔である。

「人のものに手を出したら、あかんがな」

と鉄次郎は二の腕を掴んだが、子供は悪びれるどころか、飄然《ひょうぜん》とした態度で振り向いた。

「なに？」

「返せ。一度だけなら見逃したる」

「おかしな人や。何を返せと」

鉄次郎はじっと相手の目を見据えて、

「惚けるな。神様のお膝元で、なんちゅうことを。このバチ当たりが」

「だから、何のことですか」

鉄次郎に怖じ気《おけ》づくこともなく、子供は上目遣いで睨み返した。

「小僧。儂は見てたんだぞ。お縄になっても知らんぞ。今のうちに返せちゅうとんのじゃ。分からんか。優しゅう言っているうちに謝らんか。親はおらんのか」

そんな態度の鉄次郎を突き放すように、子供は決然となって帯をほどいた。安物のすり切れた帯と着物だった。

「おっちゃん。どこに財布があるンや？」

褌《ふんどし》一丁の姿になった子供の体を触った鉄次郎は、着物も振り払ってみたが、どこにも財布はなかった。

「ない……!?」

「おいら、盗みなんかしてへん……盗みなんかしてへんのに、わぁ……」

そう言うと半べそをかきながら、着物を羽織ると、街道の方に向かって歩き出した。わざと泣いているのは分かったが、鉄次郎はどうすることもできなかった。

すると、傍《かたわ》らから、物売りの婆《ばあ》さんが近づいてきて、

「また、やったんかい……馬を暴れさせて、騒ぎに乗じて掏摸《すり》をする……あの親子のいつもの手口や」

「――親子……?」

「ええ。旅のあんたは知らんでも、しょうがないなあ。遍路《へんろ》の格好をしては、この辺りをぐるぐる廻ってるけど、本当は、ただの物乞いぞね」

「誰も咎《とが》めんのか」

「まあ、仕方ないわいね。元々は、どこぞの神主らしいし。それも嘘やと思うけど、誰しも食うためには、ねえ……」

遠くに立ち去る子供を見送る鉄次郎の目は、怒りよりも憐れみの光に満ちていた。

「それより、あんた大丈夫かね」

「え？」

「お財布じゃがね」

「あっ――！」

いつの間にやられたのか、鉄次郎の懐からも財布が掏り取られていた。

六

――自分の息子に掏摸や盗みをさせる父親とはなんという奴だ。

鉄次郎は一言くらいガツンと言ってやりたくなって、金毘羅街道を多度津《たどつ》に戻った。親子は金倉《かなくら》川の土手にあるあばら小屋に暮らしていて、湊から琴平の間を転々としているらしい。

掏られた財布には三百文程しか入っていない。小銭ばかりで重いから、後は振り分け荷物に仕舞っている。

「これを取られてはマズい。気をつけなきゃな」

辺りを見廻すと、往来する誰もが怪しげに思えてきた。

銅山村から出て暮らしたこともなければ、出かけるにしても、新居浜浦か天満浦くらいだった。福太郎の言うとおり、世間知らずというのも本当のことであろう。

「世の中には、とんでもない奴がおるもんじゃ……もっとも、銅の横流しで腹を肥やしてた清吉に比べりゃ、大したことじゃないかもしれんが……」

街道の市場を離れて、川下に向かうと、さっき立ち去った野生馬がおり、茅葺《かやぶ》きの小さな小屋の近くで、草を食んだり、水を飲んだりしている。

——あの小屋か……。

と眺めていたら、白装束に手《て》っ甲脚絆《こうきやはん》、杖を持った遍路姿の男が、ガタピシと立て付けの悪い扉を開けて出てきた。

「あいつか、親父は……？」

鉄次郎はズカズカと近づいて、遍路姿の男の前に立った。突然、現れた〝がたい〟のいい男に、遍路姿は驚いたものの、

「これはどうも、よいお日柄ですな」

旅姿の鉄次郎を眺めながら、

「あなた様も、お遍路ですか。この近くならば、我拝師山曼荼羅寺《がはいしざんまんだらじ》、我拝師山出釈迦寺《がはいしざんしゅっしゃかじ》、医王山甲山寺《いおうざんこうやまじ》、五岳山善通寺《ごがくざん》、鶏足山金倉寺《けいそくざんこんぞうじ》……などがありますぞ。こりゃ、

金剛杖《こんごうづえ》も持っとらんですか。御大師様の分身ですからな、〝同行二人〟と書いた菅笠も差し上げましょう。遠慮は要《い》りませせぬ。ここであったのも他生《たしょう》の縁ですからな、はい」

と流暢《りゅうちょう》に喋った。慣れているのであろう。元は神主と聞いたが、これでは神も仏もあったものじゃない。

「儂は巡礼はせん。神仏を敬ってはおるけどな……それより、この馬はおまえのか」

「え、あ、はい……」

曖昧に返事をした遍路姿の男は、馬が鉄次郎に懐《なつ》いていると分かって、少し不思議そうに首を傾げた。

「それが何か……」

「この馬を使って騒ぎを起こし、その隙に息子に掏摸をさせてるようじゃな」

「！……」

「何か事情があって、この辺の者はあんたをきつく咎めぬようじゃが、儂は違うぞ。母親が長年溜めてくれた銭を盗《と》られたのじゃ。返して貰おうかのう」

「あ、お待ち下さいまし。それは何かの間違いではなかろうか」

と言いながら、小屋の方を気にして振り返ったとき、同じような遍路姿の子供が飛び出てきた。先程の子である。

そんなふたりの姿を見て、鉄次郎は何となく察した。

「なるほど……盗んだ上で、遍路姿で逃げるつもりか。お遍路さんは罪人だとしても、捕らえるは憚《はばか》られるけんな」

アッという目で、子供も見ている。

「——訳を聞かせて貰おうかのう」

思わず駆け出そうとした子供に、父親が声をかけた。

「逃げんでええ、幸太《こうた》」

ぴたりと立ち止まった幸太と呼ばれた子供は、バツが悪そうに鉄次郎を振り返った。先刻と違って申し訳なさそうである。

「この人には、父ちゃんが話すから、おまえはいつものように近所を廻ってこい」

「う、うん……」

幸太は小さく頷くと、馬の腹を撫《な》でてから、とぼとぼと人里の方に向かった。

「遍路道には、〝ご接待〟というものがあって、遍路に食べ物をくれたり、泊めてくれたりします。お布施《ふせ》です。私たちのような物乞い同然の暮らしをする者の中には、そうせざるを得ない者もおるのです」

「偽《にせ》の遍路ちゅうわけか」

「まあ、そうですが……善通寺あたりの寺を何度も何度も巡っているのは、別に悪いことじゃありません」

「百歩譲って、お布施はよいとしてじゃ。掏摸や盗みは駄目なんじゃないか」

「………」

「しかも、年端《としは》もいかない息子に、なんちゅう真似をさせるんじゃ」

「あ、いえ……あれは息子ではない……それこそ、遍路の途中で出会った子でしてな……父子《おやこ》のように暮らしてやっているのです」

「本当の父子、じゃない……」

「ええ。室戸《むろと》岬《みさき》にある最御崎寺《ほつみさきじ》の近くで、あの子の父親が行き倒れになっているのに、たまさか私が出会いまして……葬《ほうむ》った後、私と……」

「………」

「あの子の父親は、母親と死別して後、供養のために順打ちで巡っていたらしいのです。私は、〝逆打ち〟といって、この讃岐の八十八番の札所、大窪寺《おおくぼじ》から、逆廻りに巡っていたのです。この方が、弘法大師様に会えるという言い伝えがありましてなあ……まさに、あの子が、弘法大師様と思えてきまして」

「それで、あの子を引き取ったンかい」

「あ、はい……」

「御大師様に掏摸とは、恐れ入ったわい。ま、同情せんではないが、こっちも路銀がキツキツでな。返して貰えれば、それでええ」

「――承知しました」

遍路姿が小屋に戻ろうとすると、何処からともなく小さな白い花びらが散ってきた。

何の花か鉄次郎には分からなかったが、小額空木《こがくうつき》のようだった。土佐との県境で見かけたことがあるが、このような所にもあるのかと、不思議に思った。

そして、その花びらが風に吹かれてるような、艶やかな着物姿の町娘が、小屋の裏手から、走り廻っている数人の子供たちを叱りつけながら現れた。

上は十二、三から、下は五つくらいの子供たちが十人ばかりいようか。いずれも粗末な着物で、仔犬がじゃれあっているように転げ廻り、ぶつかった小屋の壁が壊れそうであった。

「これッ。走ってはなりません。何度言ったら分かるのですか」

まだ二十歳《はたち》くらいの町娘で、えくぼが可愛らしく、木刀を持って目を吊り上げていても、迫力がなかった。

「わーい、わーい。先生、怒ってらあ。捕まえてごらん。こっち、こっち」

子供たちは言うことを聞くどころか、町娘をからかいながら挑発していた。

「あの娘は……？」

鉄次郎が尋ねると、遍路姿は苦笑いをしながら、

「あれは……本当の娘です……由佳《ゆか》といいましてな……本来ならば、巫女《みこ》にさせるところでしたが、ここ数年の飢饉《ききん》もありましてな……神社を潰すしかなく……もっとも、あってもなくてもいいような小さな神社でしてな」

「他の子たちは……？」

「──みんな、孤児《みなしご》ですわい」

「孤児……」

驚いた鉄次郎は、まじまじと遍路姿に目を戻して、

「あんた、ひとりで、これだけの子を養ってるというんか」

「ええ。こうでもしないと、みんな飢え死にしてしまう。その代わり……みんなには、読み書き算盤を教えてるンです。うちの娘は、これでも、寺子屋では一番でした」

ふたりが話しているのを、由佳は離れて見ていたが、

「お父様、お客さんですか」

「あ、いや、いいんだ。その子たちに何か食わして、今日の勉学をさせなさい」

「――はい」

由佳が子供たちを集めても言うことを聞かないが、遍路姿が、

「さあ。家に入って、今日は書を学ぶんだぞ」

と声をかけると、みんな一斉に言うとおりにした。遍路姿にはかなり信頼を抱いているようだった。

「じゃ、大先生！　後で何を差し入れてくれるんや」

「稲荷寿司《いなりずし》がええなあ」

「おいら、きな粉餅《もち》も欲しいなあ」

と言うと、大先生と呼ばれた遍路姿は、分かった分かったと頷いた。すると、あちこちから、わあっと喜びの声があがる。勉強の褒美《ほうび》は食べ物のようだ。

「いいから、席に着け。言うことを聞かん奴には、おやつはないからな」

遍路姿の男がちょっとだけ恐い顔をして子供たちを見廻すと、は～いと素直に家の中に入り、天神机の前に座った。由佳は、助かったと父親に目配せをしてから、子供

たちの前に立って、論語の素読みを始めた。

そんな子供の姿を、遍路姿は目を細めて、嬉しそうに見やっている。

鉄次郎は遍路姿に妙に感服して、

「あんた……なかなかの人のようじゃな」

「うんにゃ。だらしがない男でね」

「いや、大したもんじゃ」

そう言うと鉄次郎は振り分け荷物を地面に置いて、おもむろに巾着袋を取り出して、ぜんぶ遍路姿に手渡した。

「え……？」

「多度津から、大坂まで金毘羅船で行く。その船賃だけ残して、後はあんたにやる」

「！………」

「遠慮はいらん。大坂では、郷里の幼馴染みが、薬種問屋をやっとる。そこを頼っていくけん、心配には及ばん」

「し、しかし……」

「その代わり、さっきの幸太に掏摸をさせちゃいかん。それと、このままじゃ子供たちがあんまりだ。儂は別子銅山で働いていた鉄次郎というもんじゃが、伊予は新居浜浦の口屋に行けば、広瀬新右衛門ちゅう、偉い人がおる」

「広瀬……」

「なかなかの遣り手で、情も厚い人じゃけん、子供たちのことを頼んでみたらええ。もしかしたら、銅山にでも奉公させてくれるかもしれん。勉学も大切やが、食い扶持《ぶち》を探さにゃ、物乞いをするか盗みをするしかないがや」

「…………」

「さあ。受け取れ」

巾着を押しつける鉄次郎に、遍路姿は深々と頭を下げた。そして、ハラハラと涙を流しながら、土下座をして、

「ありがとうさんです……ありがとうさんです……」

と何度も繰り返していた。

そんな姿を、いつ戻ってきていたのか、少し離れた木の下から、幸太も感涙の目を擦りながら、じっと見つめていた。

鉄次郎は微笑んで頷くと、幸太は唇を震わせながら、こくりと頭を下げた。その背には、弘法大師がついているような、神々しい夕陽が照らしていた。

七

ガハハと笑いの絶えない金毘羅船は、塩飽の島々の間を抜け、小豆島《しょうどしま》を左、淡路島を右に見ながら、播磨灘に向かっていた。金毘羅船とは大坂と丸亀《まるがめ》を結ぶ参詣客を乗せる船のことである。

屋根のある三十石船には、金毘羅参りをした者や讃岐からの商人らが、数十人乗り込んでおり、思い思いに過ごしていた。かなりの老体や赤ん坊の姿もある。

――金毘羅船々、追風《おいて》に帆かけて、シュラシュシュシュ。廻れば四国は讃州《さんしゅう》那珂《なか》の郡《ごおり》、象頭山《ぞうずさん》金毘羅大権現、一度廻れば……。

元禄からある歌とされるが、金毘羅船が就航したのは延享《えんきょう》年間（一七四四～一七四八）だから、その後にできたと思われ、芸者がお座敷遊びでも使っていたという。

誰ともなく口ずさんでいる陽気な歌を聞きながら、波のある大海原を眺めていた鉄次郎は、なんだか胸がわくわくしていた。

それにしても――。

何が楽しいのか、鉄次郎が座っている周りには一層、大きな笑い声が起こっている。

「そりゃ、あんた。やられたんやわ」

「ふはは。まんまと騙《だま》されたンとちゃうか」

「ああ。その遍路の親子、騙《かた》りでもよう知られてる奴らや」

「元は神主ってのも大嘘やろ。たしか、五郎助《ごろすけ》ちゅう、テキ屋崩れの男だっせ」

「しかも、泣き売《ばい》が得意やった。あんた、泣き落としにやられたんや。アハハ、そうやわ、かわいそうになあ」

「いや、めでたいのは、あんたの頭や」

「そりゃ、一両近く恵んでやったら、あいつら大喜びしよるで」

口々に鉄次郎のことを笑う乗客たちは、上方訛《なま》りの者も多く、多度津で出会った遍路父子の素性についても、少なからず知っているようであった。

鉄次郎はがっくりときて、

「ほんまのことかい……あの父子、騙りかい……じゃ、室戸岬で行き倒れになったのを助けたちゅうのも……」

と救いを求めるように乗客たちに目を向けると、行商の男が苦笑しながら、

「たぶん嘘やと思うで。あの五郎助という男、大坂の天満辺りでも見かけたことがあ

るような気がする。何か悪さでもして、大坂におられへんようになって、都落ちしたんとちゃうかな。ああ、きっと、そうやで」

「でも、親のおらん子を何人も養っていたようじゃや。それだけじゃない。ちゃんと生きていけるように、読み書き算盤も教えていた。あれも嘘とは思えんが……」

「甘いなあ、あんた」

別の姐《あね》さん被《かぶ》りをしている中年女が、太めの腹を叩いて声をかけた。

「飢饉に不景気、お先真っ暗なご時世なのに、公儀もあてにならん。近頃は、何処へ行っても、親子で物乞いをしてる者も多い。中には、つまはじきにされた子供たちだけで、暮らしていることもある」

「ああ、そうや、そうや」

別の巡礼姿の男も割って入った。

「近頃は、子供だけで物乞いをして歩いている姿も見かけるようになった。可哀想に捨てられたンちゃうかな、親に」

「ほじゃけん……五郎助という男は、世間が見放した哀れな子供たちを助けてるんじゃなかろうか。儂にはそう見えたが……」

「そう見せてるのや。あんた、ほんま世間てのを知らんなあ。まあ、まだ若いから、しゃあないか」

これまた別の行商の中年男が話した。

「兄ちゃん、別子銅山におったらしいが、お山の中で暮らしてたから、今、この国がどうなっとるか知らんのとちゃうか」

「どうなっとるって……」

「江戸には黒船が現れて、大坂にも来るちゅう噂や」

「黒船……」

「鉄でできた大きな船や」

「――鉄……？」

「ああ。大砲までぶっ放したちゅうやないか。いずれ、余所《よそ》の大きな国にわてらの暮らしもズタズタにされるかもしれん。なのに、幕府のお偉方は子猫みたいにびびりくさって、黙って指をしゃぶってるだけや」

船の中だからこそ、公儀批判をできるのである。

「そやから、お上は、わてらのような下層の民のことまで構ってられへん。親がおらん子や逆に子供に捨てられた年寄りのことなんか、どうでもええのや」

「だから、五郎助が世話してるような、あんな哀れな子が増えたというのか……」

そういうことに比べれば、銅山暮らしは世の中の激しい風を受けず、幸せなのかもしれないと鉄次郎は思った。屏風《びょうぶ》のように切り立った南北ふたつの山脈が、山の人々を守っているのかもしれぬ。

「景気がええのは、お伊勢さんと金毘羅さんくらいや。世の中が冷めたら、神頼みをするしかあらへんしな」

誰かが言うと、大きく船が揺れた。船底にダブンと波を受けた音がする。瀬戸内海は島伝いに航行するが、播磨灘は風を遮るものがなく、波が大きくなる。

――これが、世間の荒波ちゅうわけか。

ぼんやりと鉄次郎が思ったとき、舳先《へさき》に近い方で、ふぎゃあと赤ん坊の泣き声がした。揺れが大きくなって、恐かったのであろうか。母親がよしよしとあやす声がするが、泣きやみそうにない。

近くにいた婆さんや爺《じい》さんたちが声をかけたが、顔が恐かったのか、火に油を注いだように余計に泣き出した。おっぱいが欲しいか、おしめが濡れたかと、母親はなんとか泣きやまそうとするが、

「ふぎゃあ！　ぎゃああ！」

声の限りに赤ん坊は泣くばかりである。

するると、寝転がっていたひとりの男がのっそりと起き上がり、

「うるせえな、このやろう。静かにさせねえか」

と凄みのある声で言った。

背中を向けて寝ていたので分からなかったが、男の顔には目尻から頬にかけて刀傷がある。堅気《かたぎ》の人間には見えなかった。立ち上がると、天井に頭をつくくらい大きく感じた。銅山の中では大柄だった鉄次郎だが、それよりも大きいかもしれぬ。

「こっちは物見遊山で船に乗ってるんじゃねえんだ。静かにさせねえかッ」

江戸弁混じりの男の荷物には、黒い道中合羽《がっぱ》や長脇差《ながどす》もある。渡世人《とせいにん》であろうことは、船に乗り込むときから、人の目にも分かっていたが、まさか赤ん坊の泣き声に怒るとは誰も思っていなかった。

一瞬にして、静まりかえった船室では、逆に赤ん坊の泣き声が大きく響いた。

「も、申し訳ありません……只今、只今、泣きやませますから……」

まだ若い母親に連れればいそうにない。一旦、赤ん坊を床に寝かせると、人目を憚らず着物をはだけて乳房を出して、赤ん坊に飲ませようとした。だが、赤ん坊はそれを受けつけず、さらに泣き声が激しくなった。

「おい。てめえ、母親のくせにガキも黙らすことができねえのか」

「す、すみません……」

「第一、こんな船にガキを乗せるな。なんなら、俺が泣きやませてやろうか。海にでも落としてやってよ」

「堪忍して下さい。すぐに、すぐに……」

泣き出しそうなのは母親の方だった。

そのときである。

「無茶を言うなや、おっさん。泣くのは赤ん坊の仕事だ。あんただって、赤ん坊の頃はそうやって泣いてたンじゃないのかい」

声の主は鉄次郎だった。だが、ならず者風の男が目をやったのは、その隣の行商人の男だった。じっと睨みつけて、

「なんだと、てめえ……」

客を蹴散らしながら、ズカズカと行商人に近づくと、ぞっとするような恐い目で見下ろした。

「あ、私じゃありません……言ったのは、この……」

ぶるぶる震える行商人の襟《えり》を摑んで、ならず者風は顔を近づけた。酒臭い匂いがする。

「さっきは何てった。黒船に公儀が仔猫のようにぶるってるだと？　びびってンのは、てめえじゃねえのか、エッ」

「す、すみません……」

「てめえは何様だ。でけえ口叩きやがって、このやろうッ」

と拳骨《げんこつ》で殴ろうとしたその手を、ガッと鉄次郎が摑んだ。

「あんたも赤ん坊のときがあっただろう。そう言ったのは、儂じゃ。無茶はやめや。女や赤ん坊を脅《おど》して、何が楽しいンじゃ」

「若造……てめえ誰に物を言ってるのか分かってンのか。ええ、覚悟はあンのか」

「何処の誰かなんぞ知るか。乗り合いで楽しい旅をしとるのに、なんじゃこりゃ。おまえこそ海に落とすぞ、こら」

ならず者風は腕を振り払おうとしたが、鉄次郎の馬鹿力には敵わなかった。

「！………」

その力に少し驚いたようだが、次の瞬間、カッと頭に血が登ったならず者風は座っている鉄次郎の腹を足蹴にして、顔をぶん殴ろうとした。だが、それを躱《かわ》した鉄次郎は素早く立ち上がるや、相手を足掛けにして壁に向けて押し倒した。

ゴツンとしたたか頭を打ったならず者風は、

「やりやあがったな、てめえ！」

起き上がって、大柄な体を覆い被せるように鉄次郎に迫ったが、それも押し倒した。

そんな騒ぎの中で、赤ん坊は母親の乳房にしがみつき、泣きやんでいた。だが、収まりがつかないならず者風は、自分の荷物のもとに戻って、長脇差をサッと掴んだ。

「やろう！」

ならず者風の男が大声をあげると、船中に緊張が走った。

鉄次郎は逃げるどころか、むしろならず者風に近づきながら、

「分からんやっちゃな……儂ア、おまえみたいなドグサレ者がいっちゃん嫌いじゃ。ほんまに海へ落としたるぞ」

相手が刀を抜こうが、鉄次郎も後先を考えずに立ち向かう気質《たち》だ。

「上等だ、やってみろ！　聞いて驚くな。俺は泣く子も黙る東海道《とうかいどう》は清水《しみず》の……」

と言ったとき、その隣に座っていた大人しそうな羽織姿の男が声をかけた。

「やめとけ。親分の名を汚《けが》すつもりか」

外面は商人のようにしか見えないが、鉄次郎と同じ年頃だろうか、まだ若いのに妙に落ち着いている。体もそう大きくなく、優男《やさおとこ》にすら見える。

「引けと言ってる」

物静かに言ったが、ならず者風は仕方がないというように座って、

「兄貴が眠れないと思いやして……」

と言い訳めいたことを口にした。だが、どう見ても、兄貴と呼ばれた商人風の方が若い。ならず者風は、用心棒のような者であろうか。

「私は、増川仙右衛門《ますかわせんえもん》というケチなやろうでござんす。皆々様にはご迷惑をおかけして申し訳ありやせんでした」

仙右衛門と名乗った男は、丁寧に頭を下げた。この男こそ清水の次郎長《じろちよう》一家二十八人衆のひとりで、大政《おおまさ》、小政《こまさ》と並ぶ剣の達人であり、一刀流《いつとう》を極めていた。

むろん、鉄次郎が分かろうはずはない。この時期は、侠客《きようかく》の次郎長が役人に追われる身であったから、仙右衛門が金毘羅に代参にでも行っていたのであろうか。増川仙右衛門は、知る人ぞ知る名で、次郎長一家にあって、賭場を任されている、数理に長《た》けた人物でもあった。

水を打ったように静かになった船内だが、鉄次郎は仙右衛門の前に来ると、

「おたくは話が分かる人のようじゃが……用心棒か子分か知らんが、飼い犬らしく綱でもつけておくべきじゃな」

と言った。

他の者たちは兢々《きょうきょう》と見やっているが、鉄次郎はそれが当然のように言った。仙右衛門の目は笑っていないものの、

「旅の空の戯《たわむ》れ事と許してやってくれ」

「…………」

「それにしても、あんたは肝《きも》が据わってるな。改めて、一献やりたいくらいだ」

「…………」

「けど、男が本気で怒るのは、一生に一回か二回でいいと思う。でないと、男を安く売ることになるからな」

「なんじゃ……？」

鉄次郎は聞き返したが、仙右衛門は羽織の袖《そで》で腕組みをするなり目を閉じて、すうすうと寝息を立てはじめた。

――おかしな奴や……。

短い溜息で、鉄次郎は見下ろしていたが、傍らのならず者風は、まだいつでも突っかかってくるような目で睨んでいた。

賑やかだった金毘羅船は、通夜《つや》のような静けさのまま進んだ。追風を受ける帆が揺

れる音と波音だけが、鉄次郎の気持ちを昂ぶらせていた。

遥か遠く行く手には、大坂の湊の町並みや大坂城、その向こうに霞《かす》む生駒山《いこまやま》の峰々が見えてきた。

胸が高鳴る鉄次郎の背中も、強い追風に煽られているようだった。

だが――。

旅芸人の夢之丞や五郎助という遍路親子、そして仙右衛門らとも、後の人生でまた交錯するとは、このときはまだ誰も知る由がなかった。もちろん、鉄次郎自身も……。

第三章　なにわの華

一

難波津《なにわづ》は、古来より政治と経済の中心地であって、大坂が江戸時代を通じて〝天下の台所〟であることを、鉄次郎はまざまざと見せつけられた。

まさに海に開けた町であり、湊に集まっている船の数があまりにも多い。無数の白帆が青空と青い海に広がっており、目を瞠《みは》るばかりであった。別子銅山の出入り口である新居浜浦にも、かなりの船があったが、その比ではなかった。

――天下の貨、七分は浪華《なにわ》にあり、浪華の貨、七分は船中にあり。

と広瀬《ひろせ》旭荘《きよくそう》という儒者で漢詩人が記しているように、諸国の物資のほとんどは大坂に集まり、それは海運によって成立しているのであった。

湊の周辺には大きな倉が何十軒も建ち並び、商人や職人、人足などが所狭しと働いていた。まさに蠢《うごめ》いているという言い方が正しく、人混みの中で、鉄次郎は立ち尽くすしかなかった。

百万人の江戸、四十万人の京、それに次ぐ三十五万人の商都である。つい数日前まで いた銅山とはまったく別世界の、人々の熱気で埋め尽くされている。しかも、町並みも人々の着物も色とりどりで、くすんだような山村とは違って、まばゆいばかりであった。

大坂に集中する海路、川路、陸路の中で最も大切なのは、淀川《よどがわ》と堂島川《どうじまがわ》、土佐堀川《とさぼりがわ》に囲まれた中之島《なかのしま》一帯であろう。

この辺りには、一軒につき三千坪もある、諸大名の蔵屋敷がずらりと集まっていて、扱う年貢米は百二十万石に上る。八代将軍吉宗が設けた、堂島の米会所で決まる米価によって、諸国の物価が決まるのだから、まさに江戸幕府を支える経済の中心地であった。

全国から押し寄せてきた廻船の荷は、茶船や上荷船《うわにぶね》などの川船に積み込まれて、大坂市中を縦横に走る曾根崎川《そねざきがわ》、江戸堀、京町堀、海堀などの堀川を通じて陸揚げされる。まさに水の都で、〝なにわ八百八橋〟と言われるほど沢山の橋が見渡された。

町々には荷受問屋や仕入問屋、両替商などが軒《のき》を連ね、まさに〝銭の町〟らしく賑わっていた。両替商は軽く千軒を超えていた。

商都の一方、工都でもあった。

中でも最も盛んなのが、銅精錬業である。住友家を筆頭に、十数軒の銅吹屋が長堀《ながほり》の鰻谷に集中しており、諸国から送られてくる粗銅の純度を高めて、長崎貿易の輸出用としていた。

別子で働いていた者として、一度は、鰻谷に行ってみたいと思っていたが、湊に着いたばかりの鉄次郎は、とにかく人の多さに圧倒されていた。

「邪魔や、どけどけ！」

「ぼけーっと突っ立っとらんと、働けえ！」

「危ないで、何をしてんのや！」

「荷車で轢《ひ》いてしまうで！」

次々と大坂訛《なま》りの言葉が飛んできて、鉄次郎は右往左往していた。

その背中に、ドンと天秤棒《てんびんぼう》で荷物を担いでいた人足が、

「どこに目え、つけてんのや、どアホが！」

と怒鳴って通り過ぎたが、文句を言おうにも、あっという間に立ち去ってしまう。

まるで、蟻《あり》が頭をぶつけながら餌《えさ》を運んでいるような様子に似ていた。

「兄ちゃん。仕事け？」

気さくそうな恵比寿《えびす》顔の男が近づいてきた。暑いのに丹前《たんぜん》のような厚手の印半纏《しるしばんてん》を着ている。どうやら湊の人足を束ねている者か周旋《しゅうせん》屋のようであった。

「ええ体しとるやないか。日に五百文でどないや」

日当で五百文とは高い。熟練の大工の一日の報酬の倍近くある。それだけ景気がよいということか、人手が足らないということか。いずれにせよ、人も物もぐるぐると廻っている感じがした。

「いや、仕事を探してるわけじゃない」

と鉄次郎は断った。

「そうか？　無一文の顔しとるで」

「ええ？　そんなことが分かるんかね」

「言葉遣いからして、四国の伊予のもんやろ。田舎面《いなかづら》、丸出しやで」

「…………」

「図星やな。けど、気にすな。大坂っちゅうとこは、三日もあれば慣れる。すぐに大坂モンになれるわい。京は三百年おっても、余所《よそ》モンやけどな。わはは。どうや、一日でええから、荷物運びしてみんか」

「いや、ええわ」

「まあ、そう言わんと。荷物運びが嫌なら、別子銅山に送ってやってもええで。まあまあ金になるさかい」

やはり周旋屋か。一瞬、言葉を失った鉄次郎だが、それについては何も言わず、

「結構やわ。田舎の知り合いの所を訪ねることになっとるけん」

別に研市と約束をしている訳ではないが、面倒臭そうな男は突き放しておくに限る。適当にあしらって離れようとすると、

「金に困ったら、いつでも来いよ。ああ、俺はすぐそこの『恵比寿屋』ちゅう〝萬《よろず》請負《うけおい》問屋〟の角兵衛《かくべえ》ちゅうもんや」

「よろずうけおい……」

「頼まれたことは、快《こころよ》う笑うて何でもやるのや。覚えとき」

と言いながら、半纏の胸にある恵比寿様の顔をあしらった紋様に手を当てた。

――なるほど。主人の顔のまんまか。

鉄次郎は少し可笑《おか》しくて笑みを洩らしたが、返事はせずに逃げるように立ち去った。人混みの中では息が詰まりそうだった。

「銅山の穴蔵の中の方が、よっぽど楽じゃわい……」

深い吐息を繰り返しながら、人に道を訊き、道修町《どしょうまち》まで歩いてきた。

大坂は南北を筋、東西を通りといって、地名もそれに付随しているので、歩いていても分かりやすい。天正十一年（一五八三）に豊臣秀吉が大坂城を造りはじめて、大坂の町が広がりを見せたが、大坂夏の陣で灰燼《かいじん》に帰して後、徳川家康が新しく造り直

し、幕府直轄の商業地として、二百数十年の時を刻み込んできた。

東横堀川、西横堀川、長堀川、土佐堀川という東西南北の堀川に囲まれている所が船場《せんば》で、大坂の中心地であった。

道修町はその中にあり、薬の町として知られている。清《しん》やオランダからの薬を一手に扱う〝薬種仲買仲間〟があった。長崎貿易によって入ってくる薬は、一度、道修町に集められてから諸国に送られたのだ。

町の中の薬くささがほんのりと鼻孔をつくが、時々、美味《おい》しそうな匂いも漂《ただよ》っているのは、うどん屋がそこかしこにあるからだ。人の流れが多く、しかも忙しいので、うどんは急いで食べるのに丁度いいのであろう。きつねの甘辛い香りに、鉄次郎の腹が鳴った。

「ああ、腹減った……」

薬の神様として少彦名《すくなひこな》神社がある。この近くに研市の店《たな》があるはずだ。

「店の名は、なんやったかな……そりゃ、聞いてなかったな……」

ずらりと並ぶ薬種問屋の一軒に入って、

「——すんません。この辺りに、薬の〝改所《あらためしょ》〟はあるかな？」

と訊くと、番頭らしき男が首を傾げて、

「へえ。そら、ありますが……あんさんが何の用で」

薬を扱う人間には見えなかったのであろう。

「なんでも、ご公儀に許された薬種問屋は、百二十軒しかないとか。その中でも、〝改所〟というのが、この道修町にあって、研市という者がやってるとか」

「けんいち……」

「ええ。知りませんか」

「屋号はなんちゅうんでっか」

「ええと、それが……ちょいと忘れてしまいましてな。でも、〝薬札《やくさつ》〟というものを作って、値上がりするから、どうたらこうたら……って」

と鉄次郎が言った途端、番頭の頰《ほお》が一瞬にして訝《いぶか》しげにゆがんだ。しかし、すぐに愛想笑いに戻ると、

「ああ……あの研市さんかいな……へえ、よう存じてま」

「そうですか。ああ、よかった」

ほっとする鉄次郎に、番頭は手代に向かって茶を出せと命じてから、

「ほな、ちょいと呼びに行ってきますわ」

「呼びに……？」

「へえ。あの人は、薬屋と言いましてもな、色々な薬種問屋から、その店の一番の〝売り〟の薬を卸値で買《こ》うて、それを色々な町々に行って、出商いをしてるんですわ」

「あ、そうなん……」

鉄次郎は少し恥ずかしい感じがしたが、

――まあ、研市のことやから、そんなことやろうと思うたが……。

肩すかしをくらった気がして、溜息を漏らした。もっとも、薬種問屋を営《いとな》めるような甲斐性《かいしょう》があれば、源三の香典も奮発したであろうが、置いていったのは袋ばかりで、中には六文の銭が入っていただけだった。

――今時、三途《さんず》の渡し賃にもならんわい。

と思ったが、おみなは遥々《はるばる》遠くから来てくれただけでも嬉しいと言っていた。鉄次郎がそんなことを思い出していると、

「今、どの辺りを廻ってるかな……甘いもんでも食べながら、ちょっと待っとくれやすな。へえ、すぐ戻っさかい」

番頭はそそくさと出て行った。

「――なんじゃ……？」

ふいに訪ねてきた鉄次郎の名も訊かずに、店を飛び出した番頭の様子が少し気にな

ったが、手代に差し出された団子を見た途端、また腹の虫が鳴き、口の中によだれが溢れた。その団子に食らいついて、茶をがぶがぶ飲んでいるうちに、ふうと気持ちが落ち着いた。

茶を飲み終わってひと息ついたときに、番頭に招かれて店の入口に向かうと、黒羽織、小銀杏《こいちょう》に雪駄《せった》履き、両刀を差した帯に朱房の十手《じって》を下げた町方同心が入ってきた。

鉄次郎は一瞬、ドキンとなって見た。

川之江代官所から、人相書や報《しら》せでも来ているのかと思ったのである。

「大坂東町奉行所同心の草薙《くさなぎ》与《よ》三郎《さぶろう》である」

「――ど、同心……」

もちろん、鉄次郎が町方同心を見るのは初めてである。代官所手付よりも、ずっと威厳があって、恐そうに見える。事実、目つきは人の心の中を剔《えぐ》るほど鋭かった。

――番頭は、研市ではなくて、お役人を呼びに行っていたんか。

と分かったものの、同心が何用だろうと鉄次郎は思った。だが、研市が悪さでもしたに違いないと即座に思った。

二

「おまえは、薬屋の研市とは、どういう仲なのだ」

草薙は威儀を正して、上《あ》がり框《がまち》に腰掛けている鉄次郎を見下ろした。

「同じ故郷《ふるさと》の者で、名は鉄次郎と申します」

「鉄次郎、な……で、国は何処《どこ》だ」

「四国の新居浜浦でございます。別子銅山で働いておりました」

人相書などが届いていたとしても、自分は別に罪を犯したわけではない。堂々としておればよいと腹をくくった。

「銅山で何をしておった」

「採鉱をしておりました。この大坂は鰻谷に送られる銅でございます」

できるだけ丁寧な言葉を心がけたが、鉄次郎の四国訛りや語調は俄《にわか》に変えることができなかった。そのぎくしゃくした感じは、むしろ緊張したようにしか見えなかった。

「何を隠しておる」

短い言葉の中に草薙は厳しさを込め、問い詰めるように睨《にら》んだ。

「別に何も隠してません。私はただ、研市さんを頼って、大坂に来ただけです」

「何故《なにゆえ》、大坂に来た。銅山にいられなくなった訳でもあるのか」

ほら来た——と思ったが、鉄次郎はバカ正直に答えても疑いが深まるだけだと考えた。もっとも、何を疑われているか、このときには分からなかったが。

「母親と兄弟は銅山におります。鰻谷の銅吹き所を、この目で一度は見てみたいと思い、訪ねて参りました」

「ならば、直《じか》に行けばよいではないか」

「故郷の懐かしい顔を拝みに来てはいけませんか」

「それほど親しい間柄だったのか」

「へえ。大概《たいがい》の悪さは、研市さんに教えて貰いました」

「大概の悪さはな……」

草薙の口元がいやらしくゆがんだ。

「その悪さとやら、今でも一緒にやっているのではないのか」

「はあ?」

「惚《とぼ》けずともよい。おまえたちがやっていること、東町奉行所では概《おおむ》ね把握しておる。この俺の目も節穴と思うなよ」

「え……？」

不思議そうに見上げる鉄次郎に、草薙はズイと近づいて、十手を突きつけた。

「研市は何処におる」

「は？　どういうことでしょうか」

「正直に申せば、おまえの罪を一等減じてやろうではないか。今一度、尋ねる。研市は何処におる。正直に申せ」

「こ、こっちが知りたいくらいです……研市は何かやらかしたンですかいのう」

なんだか怪しい雰囲気になってきたと、鉄次郎は察した。草薙は睨みつけたまま、

「そうか。知らぬ存ぜぬを通すならば、番屋《ばんや》に来て貰うしかあるまい。おいッ」

店の表に控えている目明かし二人に声をかけると、捕り縄をビシッと音を立てて解きながら、鉄次郎に掛けようとした。

目明かしとは、江戸で言う岡っ引や御用聞きのことである。関八州《かんはつしゅう》や天領、諸国の藩領などでは、「目で明らかにする」という意味で、目明かしと呼ばれた。上方では、手先《てさき》とも呼ばれたが、それは奉行所内で使われた隠語のようなものである。

「ままま、待って下されや、旦那。私ア、研市を訪ねて来ただけや。お縄にされる謂《いわ》

れはありませんで」

「あるかどうかは、こっちが決める」

「そんなバカな……」

「疚《やま》しいところがなければ、番屋に来て篤《とく》と話せばよかろう」

江戸と同じで、町奉行の差配にて、町人地には自身番が設けられており、それはすべて町入用《まちいりよう》で営まれていた。江戸で「自身番」と呼ぶのに対して、上方では概《おおむ》ね「番屋」もしくは「町番所《まちばんしょ》」といい、東西の奉行所のことを「御番所《ごばんしょ》」とか「御奉行所」と言っていた。

自身番は大家や町名主が、「家主《いえぬし》」として詰めており、火の番も兼ねていた。江戸と同じで、火《ひ》の見櫓《みやぐら》と半鐘《はんしょう》があり、突棒《つくぼう》、刺叉《さすまた》、袖搦《そでがらみ》という捕具や火消道具が備えられていた。

江戸に比べて広めで座敷もあり、町内の寄合所としても使われ、奉行所への訴状などの受付の代行や、町内の人別を細かく記して、人の出入りを見守っていた。商人の町であるから、怪しげな人物には気を配っていたのである。鉄次郎もまた、自警の意味合いで捕らえられたのであろう。

――なんのこっちゃ、まったく……。

鉄次郎は大人しく従うしかなかった。草薙の言うとおり疚しいことは何もないのだ。きちんと話せば分かってくれると高をくっていた。だが、それは甘かった。

この薬種問屋から、少彦名神社を挟んで反対側の通りにある自身番に連れて来られた途端、草薙の態度がガラリと変わった。

土間に突き倒すように座らせた鉄次郎に、いきなり足蹴《あしげ》にするや上方訛りで、

「正直に言わんか、この若造がッ。なめたら承知せえへんど、こら」

「!……」

「さっそく、石でも抱かしたろうか」

石抱かせの拷問は、洗濯板のような鋭い山切りのある板の上に正座させて、何貫もある石をじわじわと重ねていくのである。向こう臑《ずね》が切れて、骨まで砕けるから、咎《とが》人《にん》は悲痛な叫び声を上げる。そのため猿ぐつわを噛ませて、失神するまで繰り返させるのだ。

それに耐えられる者はまずおらず、正直にやっていましたと白状するものだ。だが逆に、あまりの苦痛に、やっていないことまで、やったと言うことも多く、いわゆる冤罪《えんざい》が生まれることもある。

「どうや。正直に言わんか。研市は何処におるのや」

草薙の言葉を後押しするように、目明かしたちが声を荒らげて、

「吐け、吐けえ。吐いて楽になってしまえ」

と合いの手をいれるように〝合唱〟した。しかも、鉄次郎の耳元で騒ぐので、鼓膜が破れるかと思うくらいだった。

罵声《ばせい》怒声《どせい》を繰り返されているうちに、気の弱い奴ならば、胸が苦しくなり、辛《つら》くなってへこむかもしれない。だが、鉄次郎はじわじわと腹の底から怒りが湧いてきて、今にも立ち上がって、

――わあッ。

と叫びそうになった。

だが、そのとき、なぜだか、金毘羅船で出会った増川仙右衛門という俠客の顔が、ちらりと浮かんだ。

「男が本気で怒るのは、一生に一回か二回……」

その言葉が耳から離れなかった。しかも、此度の〝災難〟は我が身に起こった、些《さ》細《さい》な誤解である。きちんと話せば、相手がふつうの人間ならば、分かってくれるはずだ。そう信じて、鉄次郎は心を落ち着かせると、

「旦那……まあ、聞いて下さい」

それでも、目明かしたちはぎゃあぎゃあと責め立てる声をやめない。

「話が聞こえんから、しばらく黙っとれ」

少しだけ野太い声で言った。ほんの一瞬、目明かしの声がやむと、草薙は胆力がある奴だと見抜いたのであろうか、じろりと一瞥《いちべつ》してから言った。

「ここで話したことは、すべて書き取られる。後で、お白洲《しらす》に行ったときには、すべて証拠となるから、そう心得ておけ」

奥の文机には、輪番で来ている番人が筆を執《と》っている。

「旦那が研市のことを探しているのは、もしかして、〃薬札〃ちゅうもんのことじゃありやせんか」

「なんや、知っとるやないか」

「私が大層世話になった源三という山留……採鉱夫の頭領が死んだとき、供養に来てくれたことがありましてな。そのとき、村の者を集めて、その〃薬札〃がいずれは値上がりして、儲《もう》けになると、話してました」

「…………」

「けど、そんなことは誰も信じません。いや、研市ちゅう男はいつも、夢みたいなことばかり言って、銅山の仕事に愛想を尽かして出て行きよったから、誰も相手にせなんだ。それっきりですから、私にも〝薬札〟が何のこっちゃか分かりません」

鉄次郎は正直にそう語った。だが、草薙の疑念は晴れたわけではなく、むしろ深まったような目つきになって、

「では、なんで、おまえは大坂へ来たのや。そして、研市を頼った訳は」

「それは……話せば長いことになりますが、私は仕方なく村を離れたのです」

かいつまんで事情を述べた後で、知り合いが研市くらいしかいないから訪ねてきたと話した。無一文になった理由も伝えたが、どこまで草薙が信じたか、鉄次郎には分からなかった。ただ、じっと聞いていた草薙は、

――こいつに訊いても無駄だ。

と思ったのか、

「そうか……おまえの話をすべて信じることはできんが、どの道、銅山から追い出されるような悪さをしたちゅうわけやな」

「そう思いたいなら、それでもええです」

じっと見上げる鉄次郎のまっすぐな目つきに、草薙も睨み返して、

「若造。一度だけ、信じてやるわい。そやけど、もし研市を見つけたら、俺に報せろ」

「……………」

「あいつは、多くの人を騙《だま》くらかして、特に年寄りなどの虎の子を奪った、救いようのない悪党なのや。獄門にして余りある奴や。そう心しておけよ」

草薙は、盗みをするなとか人を騙すなとか、いくつか説教を垂れて、番屋から鉄次郎を追い出した。凄い剣幕で連れてきたわりには、

——意外とあっさり帰しよるな……。

と思った鉄次郎は、もしかしたら裏があるのかもしれぬと勘ぐった。それはそれとしても、研市の居所を知りたいのは鉄次郎の方だ。

もっとも、同心に目をつけられているような人間とは関わらぬ方が身のためかもしれない。研市のことは忘れた方がいい。頼った自分がアホやったと、反省をするのだった。

三

そうは思っても先立つものがない。

番屋を出てから、鉄次郎は行く当てもなく、ぶらぶらと心斎橋《しんさいばし》の方へ向かった。噂

に聞いていた芝居小屋を、外からでも一度は見てみたいものだと思ったのだ。

歩くのは苦にならないが、しばらく採鉱をしていないせいで、体がなまったような気がしてならない。

大門と船場との間にある心斎橋界隈《かいわい》は、芝居小屋と郭《くるわ》という〝悪所〟があって、大坂きっての繁華街である。江戸で言えば、吉原《よしわら》と浅草奥山《あさくさおくやま》みたいな所だが、江戸では日本橋《にほんばし》の商業地からは離れた所に郭を置いたのに比べて、どちらもすぐ〝お隣さん〟にある感覚が、実に大坂らしかった。もっとも、鉄次郎は江戸のことはまったく知らない。噂すら聞いたこともないから、

――うわあ……すんごいなあ、こりゃア。

昼間から人で溢れている道頓堀《どうとんぼり》沿いの通りを、鉄次郎はまさにアホ面を晒《さら》して歩いていた。

道頓堀を開削したのは成安《なりやす》道頓と安井《やすい》道卜《どうぼく》たちで、慶長《けいちよう》十七年（一六一二）から元和《げんな》元年（一六一五）にかけて、〝大坂の陣〟を挟んでの突貫工事で完成させたという。

小間物屋や古道具屋、古書屋から漆物屋、三味線《しやみせん》屋、そして色々な料理屋まで雑多に並ぶ中を、「これまた、別の浮き世やなあ」と呟《つぶや》きながら散策しているうちに、芝

居小屋が建ち並ぶ場所へ出た。高い軒を見上げると、幕府公認である印の櫓も屋根の上に据《す》えられている。

「おお……！」

田舎芝居しか観たことのない鉄次郎は、その中を見てみたいという思いに駆られた。だが、先立つものはないし、心の余裕もない。ふと感じたのは、

──こんな所があったら、毎日、浮かれて、仕事にならんじゃろうなあ。

ということだった。年に一度の旅芸人の芝居を楽しみにしている銅山の人々のことが、なんとなく可哀想《かわいそう》な気になってきた。

「そやな……いつかは、常に芝居を掛けとる小屋を造ったろうやんか、別子にも」

口の中で呟きながら、鉄次郎は、歌舞伎《かぶき》をやる「中の芝居」、「角の芝居」、「大西の芝居」、さらには浄瑠璃《じょうるり》を見せる「竹本座《たけもとざ》」、「豊竹座《とよたけざ》」などの看板やはためく幟《のぼり》の群れを眺めていて、

──アッ。

と立ち止まった。

行く手に、『玉川夢乃丞』という艶《あで》やかな幟が、一際目立つように風に揺れているではないか。川之江で別れたのはほんの数日前のことだが、遠い昔のように感じて、

「懐かしいなあ……いやあ、もう、大坂まで来てたんか……たしか阿波から讃岐に廻るちゅうてたが……」

そう思いながら、押せや押せやと人でごった返している〝ねずみ木戸〟に向かった。木戸銭を払う所である。金はないが、知り合いと分かればもしかしたら楽屋に入れてくれるかもしれないと思ったのだ。

当時、木戸札は前渡しが原則だったが、若干の〝当日札〟もあった。中には、今のダフ屋のように、

「札あるでえ！　余った札、買うでえ！」

と声を張り上げている者もいた。

「はいはい。そこ並んで並んで。玉川一座、夢乃丞の大芝居。泣くも一生、笑うも一生。ならば、笑って下さい夢乃丞。さあ、観ていかんか、笑っていかんか」

玉川夢乃丞はその美しい名とは逆に、大坂らしい笑いを仕掛けて、最後の最後に泣かせるということで受けているらしい。大見得を切る歌舞伎と違って、分かりやすくて面白い〝女形《おやま》芝居〟であると、並んでいる客が得意げに話しているのが聞こえた。

——女形……いや、〝夢之丞〟はたしか、女だったよなあ……。

別れ際に握った白い手の感触を、鉄次郎は思い出していた。

「お兄さん！　儂ア、〝夢之丞〟の知り合いなんじゃが、楽屋で会うことはできんかな。ちょいとお顔だけでも見たいんじゃ」

声をかけられた木戸番は、田舎くさい鉄次郎を見下ろして、胡散臭《うさんくさ》そうに手で追っ払うふりをしながら、

「もうすぐ幕が開く。用なら後にしてくれ」

とニベもなく突き放した。

「うんにゃ。儂や、ここで芝居を観てみたい。入ることはできんかな」

「木戸銭を払えば誰かて観られる。並んで買《こ》うてや」

「それが一文なしでな。そこで、ちょいと〝夢之丞〟に頼みたいンじゃ。別子の鉄次郎と言や必ず分かるけん、繋いでみてくれ」

「分からん人やな。そんな大事な人が来るなら、夢乃丞さんから予《あらかじ》め聞いてるはずや。後にしい。ああ、邪魔や邪魔や」

再び追っ払われて、鉄次郎はがっかりした。事情が分からないのだから仕方がないが、やはり大きな町は人情に欠けるものだなと、少し淋しい思いがした。

――まあ、しゃあない。

芝居が引けるまで、鉄次郎は道頓堀界隈をぶらぶらしていたが、飽きるどころか、

心がときめいてきた。

たしかに楽しそうな町だが、金がなければ、喜びも半減しそうだ。それでも、ないならないなりに過ごせる風情《ふぜい》がそこかしこにあって、今までに感じたことのない、わくわくしたものが、鉄次郎の胸の奥で響いていた。

道頓堀の歌舞伎興行も、阿国《おくに》のような遊女歌舞伎から始まっているが、寛永六年（一六二九）に女歌舞伎を禁じる令が、幕府によって出されてから、若衆《わかしゅ》歌舞伎となった。その見せ物風のものから、しだいにきちんとした歌舞伎へと変わり、物語性豊かな芝居へとなったのである。

井原西鶴《いはらさいかく》や近松門左衛門《ちかまつもんざえもん》の出現で、傾城《けいせい》ものや世話ものが確立された〝元禄《げんろく》歌舞伎〟の時代は、まさに大坂町人の裕福さとあいまって築き上げられたものだ。紀伊国《きのくに》屋文左衛門《やぶんざえもん》や淀屋辰五郎《よどやたつごろう》といった豪商が、連日連夜のお大尽《だいじん》遊びをしたのも、別子銅山が開かれた時代である。世界で指折りの銅の産出をした住友家による景気が、大坂の町に大きな影響を及ぼしていたことを、鉄次郎は改めて感じていた。

今の安政のご時世であっても、遠い元禄の世の面影は残っていて、その艶やかさや華やかさが感じ取れた。素人《しろうと》浄瑠璃からはじまったといわれる〝文楽〟も、江戸の人形浄瑠璃とは違った趣《おもむき》で、続けられている。

鉄次郎は〝文楽〟を観たことがない。創始者の、植村文楽軒《うえむらぶんらくけん》という名から、そう呼ばれているが、〝文楽〟という響きに、なんとはなしに惹《ひ》かれていた。薄暗い穴蔵の中で暮らしていたにも拘《かか》わらず、なぜ芝居だの人形浄瑠璃だのが気になるのか、鉄次郎は自分でも分からなかった。

ぐるりと一巡りしたら、本当に腹が減ってきた。なけなしの三十文の中から、半分ほど使って、うどんを食べた。無一文になっても、〝夢之丞〟がどうにかしてくれると淡い期待をしていたのだ。

「ふわあ……美味《うま》いなあ、こりゃ……」

讃岐のうどんよりも腰が弱くて、汁も甘ったるい気がするが、疲れた体を労《いたわ》るには丁度いい塩梅《あんばい》だった。うどんなんぞは、銅山では自分で打っていたものだが、このように丸っこい、喉越しのよいものはなかなかできない。

「ふぁああ……たまらん」

丼《どんぶり》の底まで、つゆを飲み干してから、ふと外を見ると、斜め向こうの店には、えらく長い行列ができている。

「なんじゃ、あれは？　向こうの店の方が美味いンかいな」

と鉄次郎が思わず腰を浮かすと、少し離れていた所に座っていた老婆《ろうば》が、

「同じや」

あっさりとそう言った。

「は？　同じ……そう変わらんのですか」

「同じは同じや。あの店とこの店は、屋号こそ違うけどな、うどんを作ってる奴も同じなら、出汁《だし》も同じもんで取ってる」

「どういうことです？」

「言うたとおり、同じ人が営んでるのや。そやけど、こっちの店は、ちいとばかし、不味《まず》うなってる。内緒やで」

そう言って、老婆は笑って文銭を置くと、腰に手を廻して店から出て行った。

「なんや……どういうこっちゃ……」

鉄次郎は首を傾げて、老婆を見送った。

その老婆の姿を、大勢の人波が飲み込んだ。どうやら、芝居がはねたようだ。すぐさま、芝居小屋まで駆け寄った鉄次郎は、先程のねずみ木戸の番人に声をかけた。

「──なんや。また、あんたかいな」

「終わったら来いちゅうから、来たんじゃ。今度こそ、〝夢之丞〟に繋いでくれ」

「しつこいやっちゃな……」

番人としては、夢乃丞の〝追っかけ〟が多いから、そのひとりだと思っていた。だから相手にしたくなかったのだが、鉄次郎の話を聞いているうちに出鱈目《でたらめ》とも思えなくなったのであろう。

「たしか、別子の鉄次郎とか言うてたな」

「ああ。言えば分かる。疑うなら、ほれ、これを持っていってくれ」

それは、『玉川夢之丞一座』の往来手形である。川之江に至る中宿で、今後のことを考えて、鉄次郎を座員として扱い、その証明として出してくれたのだ。

それを見た木戸番は少し怪訝《けげん》な目で見てから、

「ちょいと待ってな……」

と芝居小屋の奥に入っていった。その仕草や態度、目つきなどが、先刻の薬種問屋の主人の雰囲気と似ていたから、

——なんだか、いやな予感……。

がした。

悪い予感ほどこそ当たるもので、案の定、鉄次郎の身の上に悲劇は起こった。

四

芝居小屋の裏手に連れて来られた鉄次郎は、楽屋口から出てきた数人の男たちに、いきなりボコボコに殴られはじめた。夢乃丞付きの若い衆であり、大道具や小道具を扱う裏方もいた。

何が何やら分からないまま、じっと耐えていた鉄次郎だが、誰かが蹴った足がこめかみに当たった瞬間に、

——カチン。

ときた。そして、乱暴に「うおお！」と大声をあげて振り払うと、男たちは吹っ飛んだ。熊のような馬鹿力に、若い衆たちは啞然《あぜん》となった。だが、鉄次郎の脳裏にはまた、

「男が本気で怒るのは、一生に一回か二回でいい」

という仙右衛門の言葉が浮かんだから、それ以上のことはしなかった。

ふと振り返ると、路地の片隅から、目明かしたちが見ている。先刻、番屋で鉄次郎を取り調べた同心の手先たちだ。

――ははん……儂を解き放ったのは、泳がすためか……アホやな。研市のことは、本当に知らんのに。

そう思ったが、若い衆たちに目を戻して、鉄次郎は着物の土埃《つちぼこり》を払いながら、

「ご挨拶じゃないか。儂はただ、〝夢之丞〟に会いたかったただけじゃ。そりゃ、ちいとばかり金に困ってるから、飯代くらい借りたいちゅう下心はあったが、こんな目に遭わされる謂れはないわい。どういうこっちゃ」

「ふん。自分で語りよった」

「なに？」

「たった今、金に困っとる言うたやないか。どういう魂胆《こんたん》か知らんが、金を貰うのはこっちの方やで、こら」

「ど、どういうこっちゃ」

「分からんなら、教えてやろう……そやけど、後で泣き言を言うても聞かンぞ」

小屋の楽屋口から入った所には、神棚が据えられていて、御神酒《おみき》や供物《くもつ》が供えられており、役者たちの名札が掲げられていた。

その奥の通路から現れたのは、細面《ほそおもて》のすらりとした優男《やさおとこ》だった。一見して、役者であろうと分かる綺麗な顔立ちで、後光が射しているようにも見える。

「このお方が、玉川夢乃丞さん。江戸でも知られてる、大坂で一番の女形役者や」

と若い衆のひとりが言った。

「え……」

キョトンとなる鉄次郎に、若い衆は顔を突きつけて、

「どや。あんたが会いたいちゅう人は、この人か」

「ち、違う……似ても似つかん人や……ええ、どういうこっちゃ」

鉄次郎が不思議そうな目を向けると、先程の木戸番が出てきて、渡した往来手形を広げて見せながら、

「よう見てみい。ここやッ」

と『玉川夢之丞』という文字を指した。鉄次郎は訳が分からず、

「これが、なんじゃ」

「夢之丞の〝之〟の字や……本物は、〝乃〟って書くのや。分からんか。それとも、おまえは字も知らんのか」

凝視した鉄次郎は一瞬、頭の中が真っ白になったが、目の前の女形役者と旅芸人の『玉川夢之丞』は別人だということは分かったものの、どうして殴られなければならないのかが理解できなかった。まだ体の節々が痛い。

「なんで、こがいな目に遭わせるンじゃ。殴られる覚えはないぞ」

女形の夢乃丞は、売れっ子役者ゆえか少し生意気な顔つきで、

「この往来手形……といっても、何の値うちもないものやが、あんたは本当に座員かね」

「いや。そうじゃないが……」

「まあええ。大体、察しはつく。あんたはどこぞで悪さでもして、旅芸人一座に潜《もぐ》り込んだのやろう。そやけど、私の偽者と間違うとは、よほどの間抜けか田舎者やな」

「ちょいと、おかしいなとは思うたんじゃが……なんで殴られンといかんのじゃ」

「玉川夢之丞……あの女は、それこそ新町《しんまち》で遊女をしてた女でな。遊女ちゅうても、端女郎《はしじょろう》という一番の安女郎や」

新町とは心斎橋や道頓堀から程近く、立売堀《いたちぼり》、長堀、西横堀などに囲まれた一角で、江戸の吉原、京の島原《しまばら》よりも古い遊郭である。大坂城の西にあるから〝西廓〟とも呼ばれた。

ここには、かつて夕霧太夫《ゆうぎりたゆう》という名妓がいて、吉原の高尾《たかお》太夫、島原の吉野《よしの》太夫と並び称せられた。いずれにせよ、新町は身分の高い武士や分限者《ぶげんしゃ》の商人が遊ぶところで、鉄次郎のような田舎者には用のない所だった。

「その端女郎が、〝の〟の字違いの夢之丞と名乗って、女旅芸人となったのやが、その際、体にモノを言わせて、うちの一座から、役者と裏方をひっこ抜きよった」

「…………」

「てっきり、おまえも端女郎の……お花《はな》ちゅうのやが、そいつの間夫《まぶ》か何かで、言いがかりでもつけに来たと思うたのや。これまでも、『玉川夢之丞』と名乗ってから、飲み食いして遊んだ挙げ句、こっちにツケを廻して、トンズラすることが何度かあったからな」

「それにしても、いきなりはないじゃろ」

「ま、仲間じゃないと分かったら、引き止めてもしゃあない。大坂に何をしに来たかは詮索せんが、ま、せいぜいキバりや。きちんと木戸銭を払えば、楽しい芝居を見せたるによって……ほな」

勝手に喋るだけ喋って、夢乃丞は奥に戻っていった。

「ぐつ気分悪いやんけ」

誰かがそう言って、神棚の脇にある塩をつまんで、鉄次郎に振りかけた。

惨《みじ》めな思いをして、表通りに出ると、先程楽しいと思っていた道頓堀の町並みが、急につまらぬものに思えてきた。そして、通りを行き過ぎる老若《ろうにゃく》男女《なんにょ》の笑い顔が、いぎたないものに感じられた。

かくも人の心は、気分次第で変わるものである。胸の中には、気分という水があって、波が凪《な》ぎ鏡のようになったり、嵐のように乱れたり、不確かなものだと鉄次郎は改めて思った。そして、これほど激しい心の浮き沈みも、銅山で単調な生活を送っていた時にはなかったものだった。

振り返ると往来の中に、目明かしがふたり尾《つ》けて来ている。

「──アホやな……尾けたところで、何の手がかりもないのに……」

道頓堀から南に下ると、難波新地《なんばしんち》という所で、料理屋や見せ物小屋が並んでいたが、浄土宗《じょうどしゅう》の法善寺《ほうぜんじ》と竹林寺《ちくりんじ》があって、そのすぐ先は刑場や火葬場、墓地などがあった。大芝居のある道頓堀よりは華やかさに欠けているが、鉄次郎には妙に落ち着く雰囲気に感じられた。

繁華な所と辛気《しんき》くさい所が混沌としている界隈は、大坂の湊や堀川沿いの商家が並ぶ風情とはまた違った趣があった。

法善寺は八千日回向《えこう》、竹林寺は五千日回向といって、千日ごとに念仏供養を行っていたから、難波新地の南側一帯は「千日前《せんにちまえ》」という地名がついた。もっとも、千日前が盛り場になるのは明治になってからのことで、この頃はまだ、人魂《ひとだま》が飛んでいるような所だった。

境内《けいだい》の水掛不動《みずかけふどう》を偶然見かけて、たった一文で、

――なんとか生きていけるように。

と願掛けをしたとき、裏手にある石塀の陰から、

「鉄……鉄次郎……こっちや」

蚊の鳴くような声が聞こえた。耳の錯覚かと思ったら、石塀の間から、手がにゅっと出てきて、おいでおいでをしている。

「!?……」

幽霊やお化けの類は信じない鉄次郎だが、なまっちろい腕には目が点になった。じっと見ていると、少しだけ顔を出した男がいた。みすぼらしい、浴衣《ゆかた》を着崩したような形《なり》の男は、なんと研市ではないか。思わず声を出しそうになったが、――目明かしに気づかれてはまずい。

とっさに思った鉄次郎は、

「ふああ……たまらん……ずっと我慢してたが、もう、あかん……」

小便をするふりをしながら、石塀の方に向かった。

「水掛不動やから、小便かけても怒られんやろ。ついでに、クソもしたろ」

わざと目明かしたちに聞こえるように言いながら、石塀の陰に入る鉄次郎の姿を、目明かしたちは、「この罰当たりが」という目つきで見送っていた。

路地に入った途端、鉄次郎はシッと指を立てて、

「とにかく、何処かへ逃げるぞ。今すぐじゃ」

と小声で言って、スタコラと千日前の方へ駆けだした。

五

まだ日は落ちていないのに、全身が震《ふる》えるくらい薄気味悪い墓地だった。雨も降っていないのに、地面は黴《かび》臭くてじめついていて、鬱蒼《うっそう》とした木立が日射しを遮《さえぎ》り、息を吸い込むと死霊が体に入ってくるような気さえした。

鉄次郎は目に映った粗末な小屋に、研市を連れ込んだ。おそらく、墓地を掃除する寺男が使う小屋であろう。中には、箒《ほうき》や水桶などが置かれてあった。その水桶を逆さにし腰掛けにして、

「——研ちゃん。一体、どういうことじゃ、こりゃ」

「おまえこそ、なんで大坂に……」

「あんたを訪ねて行ったら、えらい目に遭《お》うたがや」

「ああ、知っとる」

「え……知っとるって……それこそ、どういうこっちゃ」

「道修町におまえが現れたとき、たまたま見てたのや。声をかけようと思ったら、あの同心が来たからな。見つからんように、こっそり尾けてたのや」

「てことは、何か？　儂が草薙ちゅう町方の旦那にいたぶられたりしていたの、見とったのか？　知ってて知らんぷりしてたのか」

「すまん」

「夢乃丞ちゅう役者の取り巻きに殴られていたのもか」

「これまた、すまん」

悪びれずに言う研市に、鉄次郎は急に腹が立ってきて、しばきたくなった。それを察したのか、研市は先に頭を抱えて、

「おまえ……鼻がピクリと動いたら、すぐ人を殴りよるからな。俺の方が年上なのに」

「殴られるようなことをするからじゃ」

「すまんちゅうとろうが。俺が飛び出してみい。すぐに、とっ捕まってしまうが」

「お縄になって、痛い目に遭うた方が、あんたのためじゃ」

「痛い目で済むか。お陀仏《だぶつ》じゃわい」

研市はそう言うと、ぶるっとなって、辺りを見廻した。むろんオンボロの板壁があって、外は見えないが、すぐそこは墓地だし、刑場もある。頭のてっぺんから、足の指先まで、冷たいものが走った。震える研市を眺めながら、

「お恐れながらと出たらどうじゃ。草薙ちゅう同心はしつこそうやった。遅かれ早かれ、捕まるンじゃないのか」

「冗談やない。一度捕まったら最後、何をされるか分からん」

首を振りながら、研市は自分は何も悪いことはしていないと訴えてから、

「あの〝薬札〟にしても、御定法《ごじようほう》に触れることはしてへん。騙したわけでもない。ただ、うまく儲けが廻らんかっただけや。そやから、俺かて大損やがな。集めた金をみんなに返して、金なんか残ってへん。なのに、俺だけが悪いみたいにしくさって、こりゃ罠《わな》や、罠」

「どういうことじゃ」

「そやから、前にも話したろうが、銅山で。道修の町だけで通用する藩札みたいなものや」

今で言えば、共通の商品券のようなものであろうか。

「重い銭を持ち歩くこともないし、万が一盗まれても、盗まれた方は使えんようにして、再度、発行することができる仕組みもある。ちょっと違うが為替《かわせ》みたいなものやがな」

「為替……」

「ああ。江戸と大坂は、金使いと銀使いの違いがある。金の相場と銀の相場のズレで、換金したときに差額が生じるやないか。それと似たようなものや」

為替は〝米将軍〟徳川吉宗によって発展させられたと言ってもよい。吉宗は紀州藩主の折、藩の為替御用達商人の島田八郎左衛門《しまだはちろうざえもん》に、藩の金を運用させていたのだが、幕府でも同様のことをした。

為替商人としては、幕府や藩の莫大な金を、期限付きとはいえ、無利子で運用できるから、大きな利益を得ることができた。その公金為替を利用して、大坂の米屋平右衛門《こめやへいえもん》という商人は財をなした。米屋は屋号で、米を扱ったわけではない。

いわば、為替を担保に金を貸し、後で換金したときの利鞘《りざや》を利子として受け取るのだ。商売をする者たちは、実際に金が廻らないと仕事にならない。だが、今で言えば、中小企業には、銀行もなかなか金を貸してくれない。そういう小さな商いをする者たちに、米屋は、為替を利用して金を貸したのである。

「そやけど、利鞘が逆になることもある。景気のええときは、そりゃ目ン玉が出るほど儲けるやろうが、金銀の均衡が崩れたら、途端に損しよるからな」

「ちょ、ちょっと待てえ、研ちゃん……儂はあまり銭金のことは分からん」

「そんなに難しく考えることはない。つまりは、なるたけ安く買って、なるたけ高く売るちゅうこっちゃ」

「………」

「〝薬札〟については、黒船が来たことで銅を売るなと幕府が禁じたり、色々なことが重なって、買った値よりも下がりよった。そやから、損する人が増えたのや」

「………」

「なのに、売り主の俺が、まるで人を騙したように言うてからに、難儀なことやで。いずれは値が上がると、欲をかいて買うたんは、誰やッちゅうねん」

そういうふうに聞くと、研市の言い分も一理ある。話はちゃんと自分で耳にしないと分からないものやなあと、鉄次郎は妙に感心した。それならば、それで奉行所へ出向いて説明をすればよいと思うのだが、

「そんなことしたら、おまえ、人前に晒されて、お上が処刑する前に、殺されてしま

うがな。損をした奴らは、俺が悪いと思うてるからな。こりゃ、違うで。今も言うたとおり、米の相場が上がり下がりしたり、金銀の交換比率が変わっただけの話や」

「まあ……それは、それでええとして、これから、どうするのや。世間から逃げるように暮らしてても、長続きせんぞ」

鉄次郎が我が事のように言うと、研市の方もまじまじと見つめ返して、

「おまえこそ、なんや……なんで、大坂まで来てるのや。物見遊山《ものみゆさん》とは思えんが」

「それやけどな……」

塞《ふさ》ぎ込んだ顔になって、鉄次郎は銅山であったことを詳しく話した。親兄弟とも長い別れになることを覚悟して上坂《じょうはん》したことを聞くと、

「そうか……そら、大変やったなあ……こん前、会ったとき見たら、おふくろさんも体が弱ってるみたいやし、福太郎さんじゃ、頼りにならんしな……弟や妹のことも心配やな」

と研市はしみじみ頷《うなず》いた。

「山留になるはずが、おおコケや」

「ま、人生、そんなもんやわい。俺なんか、躓《つまず》いてばかりじゃ。もうちょっと早う来てたら、羽振りのええとこ見せられたんじゃがのう。すまんこっちゃ」

と言いながら、別に悪びれておらず、飄々《ひょうひょう》としているのが研市のいいところでもあり、悪いところでもあった。

「で……源三の妹のおみなはどうした」

「あいつは……」

清吉の嫁になったと話すと、研市は残念そうに頷きながらも、

「ほうか……で、一発くらいやったんか」

「何を言うんじゃ。儂は、おまえとは違うンじゃ」

「バカか。男なら、考えることは同じじゃ」

研市は何かを思いついたように、目をキラリとさせて、

「そや。新地で女でも抱くか」

「おいおい……こんな墓場で、よう言うなア」

「辛気くさいからこそ言うとんのや。なに、気にすることはない。追われる身でも、この研市様、味方も何人もおる」

「そうは思えんが……」

「見損なうなよ、鉄。これでも、こっちの方は自信があんねや。女は情にもろいからな。大事にしといたら、〃しゃあないなあ〃って色々と面倒見てくれるのや」

「女は、ええわ。いらん」

「まだ、おみなのことを考えとるのか。そんな女、忘れさせちゃる。可愛い弟分が来たンじゃからの。ちょっとくらい、なにわの華を見させてやるわい」

嬉しそうな顔になる研市に、鉄次郎は迷惑そうに首を振って、

「儂ア、それより腹が減った。大坂に着いてから、うどんを一杯しか食うとらん」

と小銭を掌《てのひら》に出してみせた。

「見ず知らずの者に恵んだりするからや。ほんま、おまえは昔からバカやなあ。男気はええかもしれんが、使い方を間違うとる」

「そうかのう……」

「ま、そこがええとこかもしれんが、とにかく腹ごしらえじゃ。腹が減っては戦《いくさ》ができんちゅうからな、うはは」

この貧乏のどん底で、しかも追われる身でありながら、なぜ笑ってられるのか、鉄次郎には不思議だった。だが、

――こういう暮らしが慣れているだけかもしれんな。

と思うと、妙に納得できる鉄次郎であった。

六

「なに……見失ったやと」

番屋の奥の座敷で、行灯《あんどん》の前であぐらを組んで茶を啜《すす》っていた草薙は、不機嫌な面を目明かしに向け、

「ぐずぐずしとるから、逃げられるのや。あの鉄次郎とかいう若造……俺の目に狂いがなけりゃ、何かやらかす奴や」

「何かって……」

「それが分かったら苦労はない。だが、長年、十手を預かっているからこそ分かる。あいつは必ず、とんでもねえことを……」

「申し訳ありません」

「謝ってもしょうがない」

「はい……とにかく、平七《へいしち》は今も探し廻っているので、あっしも探しやす」

「闇雲に探しても仕方があるまい、伝次《でんじ》……少しくらい頭を使え」

「と申しやすと」

「明日の朝一番で、船場一帯にお触《ふれ》を廻せ……」

「お触……？」

町奉行所が、町名主あてに伝令する文書のことである。

「で、お触にはなんと……」

「〃薬札〃の研市は、東町奉行所で捕らえた。仲間の鉄次郎は速やかに、番所に出向け……これを、町々の辻札《つじふだ》に書いて張れ、とな」

「そんな嘘をダシにしてええんですか」

「おまえはアホか。向こうは大勢の人を騙くらかした悪党やぞ。こっちも利口に立ち廻らんと、獲物を逃がしてしまうがな」

「へえ、ですが……」

「なんや。手先の分際で、なんか文句があるのか」

「あ、いえ……あっしはいいのですが……」

「が、なんや」

「旦那は、それこそ、この船場では色々なお店《たな》から袖の下を貰っていて……あ、いえ……見廻り賃を取っているから、こう言っちゃなんですが、あまり評判はよくありやせん。いえ、あっしは全然、思ってまへんで。でも、もし捕らえ方に誰かが文句でも言ったら……」

「何が言いたいのや」

草薙はじろりと伝次を見やって、

「俺の俸禄は三十俵二人扶持。どんな手柄を立てても、それしかない。そやから、縄張りにしてる町から金を貰うて、おまえたちの手当にしてるのやないか」

「へえ……」

「それを、たかりみたいにぬかしやがって……嫌なら、暇をやるから何処へでも行け。どうせ、昔のようにコソ泥でもせにゃならんなるぞ、え、伝次」

「いえ。申し訳ありやせん。旦那の言うとおりに致しますんで、ご勘弁を」

「分かれば、それでええ」

眉間《みけん》に皺《しわ》を寄せたまま、草薙が茶を飲み干したそのとき、

「お邪魔致します」

と丁寧な声があって、外から扉が開くと、品のよい物腰の商人が入ってきた。小太りの目のしょぼついた男である。

「おう。『丹波屋《たんば》』ではないか。かような刻限に珍しいな」

「申し訳ありません。お取り込み中ではなかったでしょうか。何なら、明日の朝にで

も出直しますが」

「見てのとおり、事件はない。なんだ」

「へえ。実は……」

ちらりと伝次を見やると、草薙は立ち入った話だと感づいたのであろう、顎《あご》でこなすと、伝次は頭を下げて、

「では、あっしは今の言いつけを……」

と出ていった。

「どうした。何か、あのことで、不都合でもあったか」

「ええ……うちの主人はまだ店を手放す気はないようで……たしかに材木問屋は、このところ公儀の普請《ふしん》も少なくなったので下火ですが、まだまだ頑張れると……」

「そうか。徳右衛門《とくえもん》がそう言うのなら、無理にとはいかぬな」

徳右衛門とは、船場の外れにある材木問屋『丹波屋』の主人のことだ。草薙を訪ねて来たこの男は、季兵衛《きへえ》という番頭である。主人の徳右衛門は入り婿《いむこ》で、『丹波屋』直系の娘だった女房・おきぬとは、もう十年も前に死別しており、才覚はあるが病がちだったので、実質は季兵衛が営んでいるようなものだった。

だが、公儀御用達の大看板があり、徳右衛門が健在な上は、勝手に店を処分するこ

となどはできない。もっとも、徳右衛門はこの何ヶ月か体調を崩し、ほとんど寝ているような暮らしぶりだった。

それゆえ、主人の座を譲《ゆず》って貰うか、できれば、株仲間の余力のある商人に、〃居抜き〃で買い取って貰うかするべきだと、季兵衛は考えていた。その買い取ってくれる商人の世話を、草薙がしていたのである。

船場は大坂中の金が集まっていると言っても過言ではない。大きな問屋が集中している町が、草薙の〃縄張り〃であるから、儲け話も自然と耳に入ってくる。今般の〃居抜き〃話も、うまくいけば、草薙に仲介料として、相当の金が転がり込むことになっている。

「まあ、焦ることはあるまい。大坂では指折りの老舗《しにせ》でもある。慌てるナントヤラは貰いが少ないって言うからな、まあデンと構えておれ。必ず、何とかする」

「——よろしゅう頼んます……主人は、なんでか知らんが、昔から私のことを毛嫌いしてましてな、近頃は益々もって、言うことを聞いてくれまへんのや」

「そうか。困ったものだな」

「へえ……」

ふたりの思惑がどこにあるのか。しかし、共通の利があるような顔つきで、草薙と季兵衛は共に深い溜息をついた。

その頃——。

鉄次郎は、研市に連れられて、新地の外れにある『菊本《きくもと》』という芸者の置屋に来ていた。おりょうというのがここの女将《おかみ》で、十人ばかりの芸子を置いていた。置屋とは、芸子の抱え元で、料理屋や揚屋《あげや》から呼ばれて出向かせるのがふつうであった。江戸では芸者というが、上方では芸者とは幇間《たいこもち》など男の芸人を指すことが多く、芸子と呼ぶのが慣わしである。

その芸子ばかりがいる置屋へ男が入ることは、旦那以外にはまずない。研市が現れて、おりょうは不愉快な顔をしていた。が、研市はどうやら十歳も年上のおりょうと深い仲らしく、

「しゃあないなあ、もう……」

と言いながらも、ふたりを二階の私室に案内した。

「ここなら、安心や。町方かて、そうそう踏み込んでくることはでけへん」

研市は自慢たらしく言ったが、追われているのは鉄次郎ではない。「逃げてるのは、おまえやないか」と言おうと思った。それに、こんな〝隠れ家〟があるならば、なぜ

道修町で身を潜めながら、出歩いていたのか気になった。

だが、これで今宵の寝床には困らずに済みそうだし、料理屋から食い物も届けてくれるというので、ほっと一安心だから、詮索をしたり、文句を言う気にはなれなかった。しかも、近くの湯屋にも行くことができるという。長い一日だったが、なんと運がええのやと鉄次郎は研市に感謝していた。

「それにしても……なかなか、ええ男やないか、研市さん」

おりょうはそう言いながら、鉄次郎を見やった。年増《としま》ではあるが、若い頃はさぞや綺麗だったに違いない。今でも妙に色っぽい女将の姿に、鉄次郎は照れくさかったが、

「あかんで、兄ちゃん。うちは女郎屋とは違うからな。芸子の置屋や。そっちが欲しいンやったら、新町にはなんぼでもあるさかい、遊んでき。金なら、この人がたんまり持ってるしな」

「え……金が、ある？　ぜんぶ〝薬札〟のことで、なくしたんとちゃうのか」

どこまで信じたらいいのか、鉄次郎が不審そうな目を向けると、研市は気まずそうに頭を掻《か》きながら、

「食い扶持《ぶち》くらいは、隠しとかんとな」

そんなふうに言う研市の横顔を見ながら、おりょうは続けた。

「この人は自分が持ってたら、パッパと使うから、うちが預かってるのや。ほんま、子供みたいな人やさかいな。面倒かけられて困ってばかりやわ」

と文句を垂れながら、決して迷惑な感じではなく。むしろ息子か弟を庇《かば》っているような言い草だった。研市の方も若いツバメらしく、やに下がった顔で、手を握ったりしている。

——なんや、結局、ふたりして、のろけてるのか。アホくさ。

そう思いながら、開け放たれたままの窓辺に寄って、手摺《てす》りに凭《もた》れると、眼下のまっすぐ延びた通りには、色町らしい軒行灯が連なっていて、石畳を浮きあがらせる辻《つじ》灯籠《どうろう》も美しい。

あちこちから、三味線の音や芸子たちと客が遊んでいる声も聞こえてくる。実に色町らしい風情である。

ふと別の通りに目を向けると、安女郎屋なのだろうか。その表には、若い男たちが数人並んでいるが、斜《はす》向かいの同じような店は、がらんとしている。はっきりとは見えないが、格子窓の中に遊女がいるものの、誰も入ろうとしない。

「ふむ……同じ遊女屋じゃのに、何が違うんかいのう……向こうは人が並んでるのに、こっちには誰っちゃおらん」

鉄次郎が何気なく言ったことに、研市はくらいついて、

「ありゃ、同じ店や」

「え……？」

「若い衆が並んでる『達磨屋《だるまや》』と、斜向かいの『巽屋《たつみや》』は同じ久兵衛《きゅうべえ》ちゅう人が……昔はもっとええ所で、大きな妓楼《ぎろう》を持ってた人やが、今はそこで営んでいるのや」

「二軒とも……」

「ああ、そうや。もう古希《こき》になると思うが、なかなかの遣《や》り手でな、大したもんや」

何となく眺めていた鉄次郎は、昼間のうどん屋を思い出した。同じ〝経営者〟が、似たようなうどん屋を近くにふたつ出して、一方が流行《はや》っていて、もう一方は閑古鳥《かんこどり》が鳴いている。

――それは、どういうことじゃろ。

鉄次郎は思って、研市にその話をすると、

「まず言うとくが、うどんじゃない。うろんや……きつねうどんじゃなくて、〝けつねうろん〟や。よう覚えとけ」

「どうでもええわい」

「ええことがあるかい。心しとけ。で、ふたつ同じような店を持つのは、これ商売繁《はん》盛《じょう》のコツや」

「ええ？」

「片っ方をちょいと質を落として、もう一方をちょいとよくする。そしたら、どないなる。比べてみて、ええ方を選ぶやろ」

「…………」

「人間てな、不思議なもんでな。並んでる方に並ぶのや。美味いうどん屋に並ぶんやのうて、並ぶ店が美味いと感じるのや。その差はちょっとしたものや。けど、わざと客に比べさせることで、えらい違いがあるように錯覚させるのやな」

昼間、うどん屋にいた婆《ばあ》さんが、「内緒やで」と言った意味が、少しだけ分かったような気がした。ということは、同じような理屈で、『達磨屋』という女郎屋と『巽屋』という女郎屋を比べさせて、一方を流行《はや》らせているわけだ。

「これが、『達磨屋』だけなら、入らんかもしれへん。あるいは、よその女郎屋に負けてしまうかも。でも、『巽屋』にちょいとぶさいくな女を置いておくだけで、『達磨屋』は、文字通り転がってでも起きるがな」

「ほほう……」

「そいで、頃合いを見計らって、客が入らない方は閉めてしまう。残った方は繁盛し続けるっちゅう計算や」

研市の商売の話に、鉄次郎は、

「なるほど……考えるものやなあ……」

妙に感心して、深い溜息をついたとき、

「おかあさん、只今帰りました」

と涼やかな声がして、艶やかな着物姿の芸子が廊下に控えた。出先のお茶屋から帰ってきたのである。

女将のことを、おかあさんと呼ぶ慣わしのようだ。三つ指をついて、花びらの簪《かんざし》を添えた頭を深々と下げていたが、ゆっくり顔を上げると――何気なく見ていた鉄次郎の表情が、異様なほど強《こわ》ばった。

「あ……ああ……」

声にはならないが、その芸子の神々《こうごう》しいまでの美しさに、鉄次郎がカチカチに固まったのは、誰の目にも明らかだった。

にこり微笑《ほほえ》みかけた芸子を呆然《ぼうぜん》と見つめたまま、鉄次郎はまさに彫像のように微動だにしなかった。

「どや、鉄……おまえに見せたかったンは、この子や……この子が鯛《たい》や鮃《ひらめ》やったら、おみななんぞ、オコゼかカワハギにしか見えんやろ。どや……ええ、どや」

ニタリと笑う研市の喩《たと》えはあんまりだが、鉄次郎の頭の中から、おみながすっと消えたのは事実だった。しだいに身震いさえしてきて、

――いるのや……世の中には、こんな美しい女がいるのや……。

鉄次郎の心の臓は、激しく動いて、今にも口から飛び出しそうだった。

七

研市が町奉行所に捕らえられたという〝お触〟が、船場の町名主たちに届いたのは、その翌朝のことだった。

『菊本』の寝床で、寝ぼけ眼《まなこ》の研市も女将から報《しら》されたが、

「……どういうことや？」

と、しばらくは頭が廻らなかった。

一方、東町奉行所の門前には――。

金を騙し取られたと訴える人々が、あっという間に集まってきていた。

大坂には東西の町奉行所があり、江戸の南北町奉行同様に、ひとりずつ置かれていた。三千石の旗本で、従五位下の身分であった。東西、それぞれ、与力三十騎、同心五十人であるから、江戸の半分以下の規模だが、支配地の広さや人口を考えると妥当であろう。

東町奉行所は大坂城京橋口門外、西町奉行所は内本町橋詰町にあった。東町奉行所の表門には、草薙が立っていて、

「〝薬札〟の被害については、これまでどおり、各町名主で取りまとめた上で、奉行所で扱うゆえ、受付はできぬ」

と突っ返していた。

今般の〝お触〟は偽物であるから、もし奉行にバレたら、草薙の首は吹っ飛ぶかもしれぬ。だが、このような乱暴な離れ業《わざ》をするのが、

——悪党は手段を選ばず捕らえる。

という草薙らしいところでもあった。何人かの目明かしや町方中間を使って、押し寄せた町人を追い返した。が、その中に、研市本人や鉄次郎が不安に駆られて、のこのこと出向いてくるのを期待していた。

しかし、一向に姿を現さない。それもそのはず、ふたりは一緒に逃げていたのだから、草薙の罠に引っかかるはずがなかった。

その日――。

鉄次郎は早速、昨日声をかけられた『恵比寿屋』を訪ねていた。

置屋を塒《ねぐら》にしている研市をいつまでも頼るわけにはいくまい。それに、お上に追われている者に関わっていては、自分も足を引っ張られかねないからだ。何より日銭を稼がなければ生きていけない。

理由はそれだけではない。昨夜、目にした芸子の顔を忘れたいがためだった。――あんな別嬪《べっぴん》の近くにいたら、気がおかしくなりそうや……名は、七菜香《ななか》というたか……ああ、たまらん。

自分にとっては高嶺の花。到底、手の届く所ではないし、住む世界も違うのに、なぜだか胸がドキドキして、氷水でも被《かぶ》りたい気持ちだったのである。

「よう来たな、われ」

河内《かわち》訛りだが、愛想のよい恵比寿顔で、角兵衛は迎えた。

「すんません。ちょいと訳がありやして、どうしても金が欲しいんです」

「湊にゃ、訳ありの奴は、幾《いく》らでもおるさかいな」

「いや、今日食う飯のためです」

「さよか。ほなら、荷揚げ人足をして貰おうか。兄ちゃんなら、ガタイもええし、仕事っぷりによっては、人の倍、払うってやってもええで。ただし、きっついでえ」

「力仕事なら、なんでも耐えられるつもりです」

角兵衛はニコニコと笑いながら、鉄次郎を日向《ひゅうが》や周防《すおう》から運ばれてくる木材の運搬を担う人足として雇った。古来、日向や周防から送られてくる杉材は、大和《やまと》や京などの神社仏閣に使われることが多かった。東大寺《とうだいじ》などに使われた大杉もそうである。

湊の一角に行くと、荷揚げ場には材木の山があって、それを別の船に移し、海沿いや堀川沿いにある材木問屋の製材所に運ぶのだが、目抜き通りを運ぶわけにはいかず、脇道を行かねばならない。大八車などに載せられるものもあるが、方向転換などをするには、どうしても人力でないとできない。半日やっただけで、人足は肩の皮が剝《む》けて痛いから、翌日はもう来なくなる者もいる。

「なんや。これくらい、どないってことはないわい。材木なんざ、山暮らしじゃ、しょっちゅう運んでたし、太鼓祭りの〝かき棒〟も丸太やけんな」

新居浜太鼓祭りのことである。かき棒は丸太そのままで、長さは七間（十三メートル）程あり、高さが三間（五メートル）近くある。四本の柱の上には天幕やくくり、房があり、その下は布団締《ふとんじめ》や高欄幕《こうらんまく》という金糸銀糸で縫《ぬ》われた飾りもので覆われている。龍や鳳凰《ほうおう》、鷹や獅子《しし》などを象《かたど》った飾り物は金色に煌《きら》めいて美しく、担がれるときに揺れる房の優雅な動きは、見物人を魅了する。

太鼓台の中には、文字通り直径二尺三寸（七〇センチ）の太鼓が据えられており、ふたりがかりで調子よく叩く。その音は腹の底から突き上げてくるような重々しさがあり、心が昂《たか》ぶってくるのだ。

巨大な太鼓台は二百人近くで担がなければ運ぶことができない。その丸太のようなかき棒を持ち上げるのは、まさに男祭りに相応しい勇壮で力強い〝喧嘩祭り〟だった。もっとも、ここまで大きな太鼓台になるのは後の世のことであって、江戸時代はもう少し小ぶりだった。

「ほう。そんな祭りがあるのか。大坂には天神祭や岸和田《きしわだ》のだんじり祭など、もっと仰山《ぎょうさん》、勇壮な祭りはあるぞ」

角兵衛が言うと、鉄次郎は自慢たらしく、

「いやいや。大坂のことは知らんが、太鼓台には負ける。一度、見せたいです」

太鼓祭りの発祥は鎌倉時代とも、戦国時代とも言われている。村上《むらかみ》水軍発祥の地が新居浜沖の大島にあって、その水軍が大坂城築城のために石材を運んだのが、この祭りの原型らしい。江戸時代を通じて変遷を重ねて、〝神輿太鼓《みこし》〟から太鼓台となり、文化年間に完成したようだ。

「そこまで言うなら、鉄次郎とやら、せいぜいキバッて貰おうやないか」

ドンと角兵衛に背中を叩かれて、鉄次郎はなんだか嬉しくなった。どのようなことであれ、他人《ひと》に期待されるというのは嬉しいことである。物心ついた頃から、何かしら働いてばかりいた鉄次郎は、なまった体中の骨をボキボキ言わせながら、材木置き場に向かうのだった。

思っていたよりも大変な仕事であったが、丸一日働いても、頑丈な鉄次郎の足腰はへたばることはなく、肩の皮が剝けることもなかった。

働いている間だけは、七菜香のことも忘れていた。

その日の仕事が無事終わり、人足頭らに誘われて、屋台酒を一杯やっていたときである。つまらぬことで喧嘩をおっ始めた奴らがいた。何処の飯場でもあることで、珍しくはなかったが、少し様子が変だった。片方が刃物を持ち出したのである。

「おい。洒落《しやれ》にならんから、やめとけ」

とっさに立ち上がった鉄次郎に、喧嘩をしていた年配の人足が同時に振り返った。

「邪魔するな。こいつには仰山、貸しがあるのや」

刃物を握った男が言うと、相手もすぐ傍らの棒きれを摑《つか》んで、

「どっちがじゃ、ボケッ」

今にも殴りかからん勢いである。それでも、鉄次郎が間に割り込もうとすると、別の男が腕を引いて、

「余計なことすな、兄ちゃん。怪我《けが》するだけやで。こっち来とり」

と手を引いた。しかし、争いごとを好まぬ鉄次郎は、下らぬ喧嘩をほったらかしにしていられる性分ではない。刃物を出した方の男に向かって、

「今日は腹の虫の居所が悪いだけじゃろう。明日になれば気分も変わる。ささ、儂も一緒に帰りますから、行きましょう」

「どかんかッ。われから、ぶっ殺すぞ」

男はブンと刃物を突き出すふりをしたが、鉄次郎はその手首を摑んで、ぐいとねじ曲げた。そして、掌を開いて刃物を奪い取ると、ふたりを離して、

「やめよ、やめよ。しょうもないことで怪我をするのが、いっちゃんバカバカしいけんな。ふたりとも帰ろう、帰ろう」

と鉄次郎が言うと、収まりのつかないふたりが、「何様のつもりじゃ、わりゃ」と怒鳴りながら摑みかかろうとした。

するとと、通りから見ていた角兵衛が近づいて来ながら、

「また、おまえらか。若い衆の前で、恥ずかしゅうないんか」

と声をかけた。昼間に見た好々爺《こうこうや》の顔とは違って、目が笑っていない。むしろ、凄《すご》みさえ帯びていた。年配の人足ふたりは、肩を竦《すく》めるようにして座ると、

「申し訳ありません」

消え入るような声で謝った。だが、角兵衛は険しい顔つきのまま、

「おまえらふたりは明日から来んでええ。俺はもう何度も言うたはずや。喧嘩は一切、御法度《ごはっと》。特に酒の上での争いは許さんちゅうたはずや。守れン奴には辞めてもらう」

「そ、そんな殺生《せっしょう》な……」

刃物を向けられた方が情けない声で、

「こっちは殺されかかったんでっせ。悪いのは、こいつやないですか。無茶苦茶や……明日からどうやって食えと……」

「知るかいな。喧嘩両成敗ちゅうとろうが。この兄ちゃんが止めなんだら、どっちかが怪我をしてた」

角兵衛は軽く鉄次郎の肩を叩いて、

「仕事なら他にもあろう。他の周旋屋に頼んだらええ」

「あいや……『恵比寿屋』さんに追っ払われたと知ったら、何処も雇ってくれまへん……どうか、お願いですわ」

「これ以上は、甘い顔はできん。後は好きにさらせ」

冷たく言い放つ角兵衛の〝裏の顔〟を垣間見た気がして、鉄次郎はじっと睨んでいた。だが、角兵衛の言い分がおそらく正しいのであろう。しかも、逆らえないくらい強い立場の人間なのであろう。年配の人足はふたりとも渋々屋台から離れると、それぞれ、別々の方へ歩き去った。

鉄次郎に向き直った角兵衛は、今度は俄に恵比寿顔になって、

「あんがとさん。おまえが止めてくれなんだら、ほんま怪我じゃ済まんかった……それにしても、鉄次郎だったかな……なかなか腹が据わっとるやんけ。何処ぞで任侠の修業でもしたんか」

「まさか。もぐらのように銅山の奥底で働いていただけですわい」

「ほうか……」

とだけ言って、角兵衛はみんなに向き直ると、

「いつものとおり、今日の駄賃《だちん》は明日の朝、払うさかい。取りに来いや」

そう言って、長い半纏の裾《すそ》をひらひらさせながら立ち去った。

金はその日に払うのではなくて、翌朝に払う。そうすれば、また仕事にありつけるし、角兵衛の方も人集めの手間が省ける。まあ、合理的である。

角兵衛の姿が遠く離れて、宵闇《よいやみ》に消えると、誰かが小声で、

「相変わらずのケチやなあ。酒代くらい、置いてかんかい」

と洩らした。それ以上の声は聞こえなかったが、みんな同意しているような溜息を漏らして、酒を飲み続けた。

八

それから十日余り、鉄次郎は材木運びはもとより、米や俵物、唐物などの船荷、土砂や砂利、瓦礫《がれき》運びから、普請場などにも出向いて働いた。身ひとつなので、作業場の片隅や飯場小屋の土間などを塒《ねぐら》にして、ただ眠るだけだった。

だが、若い鉄次郎の屈強な体には、疲れというものがなかった。むしろ、力は有り余っていたくらいである。

そんな鉄次郎の姿を、角兵衛は頼もしそうに見ていて、

「どや。もうちぃとマシな仕事をするか」

「マシな仕事?」

「おまえほど、やる気のある奴はなかなかおらん。気合は充分、体は丈夫、そして胆力もなかなかや。いずれは手に職をつけて、先々のことを考えたらどうや」

「へえ、でも……」

「なんや」

「儂はろくに学問もしとらんし、こうして体を使うことが、一番楽ちんでしてな」

「おまえはまだ若いから、そう言うがな、これだけ、しんどい思いをしてたらガタがくるのも早い。この俺がそうやった」

角兵衛はにこりと笑って、鉄次郎を見やった。まるで自分の息子でも眺めているような、情愛のある面持《おもも》ちである。

「恵比寿屋さん……どうして、ここまで儂に親切にしてくれるんですか」

不思議に感じた鉄次郎は、素直に訊いてみた。

「袖《そで》振り合うも他生《たしよう》の縁。おまえを初めて湊で見かけたとき、なんとのう……そうやな、なんかモノになるような気がしたのや」

「モノになる……ですか」

「ああ。大工なら棟梁《とうりょう》。火消しなら頭《かしら》。商人《あきんど》なら番頭。人間の器っちゅうもんは、生まれたときから決まってるものや。己《おのれ》の器を知り、わきまえることができた奴が、上にいける」

鉄次郎は小さい頃から、親や周りの人間たちに、必ず採鉱夫の大将ともいえる山留になると目されていた。その素質が生まれ持ってあったのかどうか、自分には分からない。ただ、周りの期待に応《こた》えねばならないと思っていたのは事実だ。

しかし、信頼していた掘子たちから、意地悪をされて、少し自信がなくなっていたから、鉄次郎は角兵衛の言葉を素直に喜ぶことはできなかった。

——何か裏があるのでは……。

と勘ぐったのである。今までは、人を疑うなどということがなかったから、そんな己が悲しかった。

角兵衛に命じられて、鉄次郎が赴《おもむ》いたのは、東横堀川に架かる高麗橋《こうらいばし》の修繕普請であった。橋の由来は、朝鮮《ちょうせん》の使者が来たときに造られ、近くには迎賓館《げいひんかん》である高麗館があったからとも言われるが、橋詰め角屋敷は櫓風で、いにしえの面影を漂わせていた。

この界隈は、なぜか呉服問屋が多かったが、近くに豪商が多かったからではなかろうか。高麗橋からは一本違いの今橋《いまばし》通りには、鴻池《こうのいけ》の本家があって、商人だから門はないとはいえ、大名屋敷を凌《しの》ぐほど立派なものだった。

「ほえぇ……これが、住友家と並ぶ鴻池かや……びっくりたまげたア……世の中には、こういう人がおるのやなあ……」

鉄次郎にとっては雲の上のまた上。まったく縁のない、違う浮き世であった。鴻池の本邸の前は、人の往来も激しい。その中を縫うように高麗橋に来たとき、これまた美しいと感心した。

ここも北船場の一角だから、この町には縁があるのだなあと鉄次郎は感じていた。

「おう。こっちやこっちや」

橋の修繕をする大工棟梁らしき男が、鉄次郎を含む数人の普請場手伝いに声をかけた。小柄だが、ずんぐりむっくりの岩蔵《いわぞう》という棟梁は、張りのある大きな声で、

「おまえらは、恵比寿屋角兵衛が推《お》す若い衆だと聞いとる。仕事は辛いが、本気でやれば見習いにしてやるさかい、頑張りや」

と歓迎する口ぶりで言った。

「よろしゅうお願い致します。儂は……」

と言いかけた鉄次郎に、

「名乗るンは見習いになってからでええ。そんなにいっぺんに顔と名前が覚えられるかい。ささ、こっちへ来い」

高麗橋は普段は往来が多いのだが、普請のため〝通行止め〟にしている。鉄次郎たちは、いきなり橋の欄干《らんかん》から、橋桁《はしげた》まで見物させられて、まずは材木がどのように組み立てられているか頭に叩き込んでおけという。

別子にも橋は幾つもあったが、まじまじと眺めたことなどない。長屋の建て増しなど、大工の真似事はしたことがあるが、複雑に木材を噛みあわせた橋の下など、ついぞ見たことがない。

棟梁の話では、その複雑に入り組んだ材木の一本一本を抜き取って差し替えることができるという。だから、橋を崩すことなく、新しい材木で修繕できるというのだ。鉄次郎には到底、信じられなかったが、大工や見習いたちは当然のように見廻している。

「へえ、そうなんや……」

妙に感心して眺めている鉄次郎たちの前に、一部、新しい材木と差し替えられている所もあった。

「なんや、難しそうな仕事じゃやな……これなら、掘子の方が楽じゃわい、儂にとっては……」

もう尻込みしている自分に気付き、鉄次郎はパンパンと頬を叩いて、

「なに、しょうたれなことを言うとんのじゃ。頑張らんかい」

と気合を入れ直した。

そのとき、材木が橋の袂《たもと》に次々と運ばれてきた。その中には、もしかして鉄次郎が湊から運んだものもあるかもしれない。そう思うと妙に、親しみを感じた。

「えんやとう！　どっこいせえ！」

橋の下にも、材木を積んだ川船が何十艘も集まってきている。

岩蔵の前に挨拶に来たのは、材木問屋『丹波屋』の番頭・季兵衛だった。どことなく、人を見下したような偉そうな雰囲気だったが、鉄次郎たち見習い以下の手伝いたちは、平身低頭《へいしんていとう》で迎えた。

材木問屋とはいえ、公儀普請の請負もしているから、鼻持ちならない感じなのだが、仕事を請ける側の岩蔵は職人であるからか、へりくだっている様子はなかった。

——こっちは信頼できそうや。

と鉄次郎は思った。

「この橋を一日も二日も止めるわけにはいきまへん。最低限、必要なとこだけでよろ

しいから、早《はよ》う仕上げて下さいよ」

季兵衛がそう言うと、岩蔵は首を振って、

「そら、あきまへんわ。これだけの修繕、どんなに急いだかて十日はかかります」

「町奉行所からの通達ですがな。私に言われても困る。二日が無理ならば、やりたい棟梁は他に幾らでもおりますから、岩蔵はんは降りますか」

「無理なものは無理や。見習いや手伝いを大勢集めても。作業は繊細なものや。橋を一旦ぶっ潰して、造り直した方が楽なくらいでっせ、季兵衛さん」

「さよか……だったら、五日でどないです。それくらいなら、町奉行に掛け合いますさかい。よろしゅう頼みますわ」

「それでも……」

困った顔になる岩蔵だったが、さらに手勢を増やしてでもするしかない。渋々、承諾をしたのであった。

だが、このことが、修繕を始めて三日目に、思わぬ事故に繋がった。

橋桁の一部がぐらついて傾き、綱で持ち上げようとしていた材木数本が崩れて、川面にいた船の上に落下したのだ。

突然で、あっという間のことであった。

間の悪いことに、川船の舳先《へさき》では、岩蔵が指揮を執っていて、同じ船に季兵衛も乗って監視をしていたのである。

「うわあッ――」

一瞬にして修羅場《しゅらば》となったが、とっさに川に飛び込んだ大工や見習いたちは、難を逃れることができた。

しかし、季兵衛だけが材木の直撃を受けて、船体との間に挟まれたのだ。気絶をしたようである。材木の陰に隠れて、姿も見えなくなった。その重みで、じわじわと川船が沈んでいく。このままでは、材木に挟まれている季兵衛は溺《おぼ》れ死ぬかもしれない。

それを橋の上から見ていた鉄次郎は、思わず川に飛び込んだ。船を橋桁の下に着けると、綱で括《くく》りつけて流れないようにした。

そして、船体に這い上がると、

「せいやあ！」

と、ひとりで材木を抱え上げた。だが、揺れる川船の足場は悪い。均衡も取りにくく、水の上なので踏ん張って反動を使うこともできない。

ほんの一瞬、坑道で溺れた源三の顔が脳裏をよぎった。

「うう、おおい！」

材木を川に投げ捨てると、さらに次の材木を抱え上げた。

その下には、失神した季兵衛が仰向けに倒れていて、右足が妙な塩梅に曲がっている。胸のあたりも他の材木が圧迫しているが、息はあるようだ。

他の大工たちも川船に泳ぎ寄り、鉄次郎の手伝いをして、懸命に材木を取り除こうとした。

「しっかりせい、丹波屋！　傷は浅いで！　しっかりしいや！」

岩蔵の掛け声で、鉄次郎たちは一斉に調子を取りながら、次々と材木を取り除くことができた。が、橋桁に掛けかけの他の材木が、ぐらりと傾いていた。

「危ない！　近づくなあ！」

いつの間にか集まって来ていた野次馬に、岩蔵は声をかけた。しかし、橋は傾きかけ、騒ぎはどんどん大きくなってくる。

その無惨《むざん》な光景を、真っ赤な夕陽が照らし続けていた。

第四章　どあほ番頭

一

北船場の一角に、材木問屋『丹波屋』はあった。

土佐堀川沿いには旅籠《はたご》や料理屋が並んでおり、その対岸の中之島には、加賀金沢《かがかなざわ》、播磨姫路《はりまひめじ》、伊予松山など四十余藩の蔵屋敷がずらりとある。いかにも商都大坂らしい風景の〝ど真ん中〟に、鉄次郎は立っていた。

「いやあ……こりゃ絶景やア……凄いわい……！」

感嘆の声を上げる鉄次郎は、振り返って仰ぐ『丹波屋』の店構えの大きさにも驚いた。間口にして十間はあろうか。

実は、番頭季兵衛を助けてくれた礼にと、『丹波屋』の主人・徳右衛門に、『恵比寿屋』角兵衛を通じて呼び出されたのだ。もちろん角兵衛も同行している。

徳右衛門は還暦を過ぎたばかりだが、病み上がりのように痩《や》せており、咳《せき》を繰り返していた。鉄次郎はそれが気になったが、

「昔から体は丈夫な方ではなくて。年寄りだから迷惑をかけますなあ」

と徳右衛門は恐縮しているだけだった。

「こちらこそ申し訳ありません。わざわざ礼などいらなかったのに」

「いやいや。そうはいきませんがな。恩には恩で報いる。それが商人の……いや、人としての当たり前の道です」

丁寧に頭を下げる徳右衛門は、実に誠意のある態度だった。

それに比べて、部屋の片隅に控えている季兵衛の方はといえば、まるで鉄次郎が怪我でもさせたかのような目つきで見ていた。右手と右足を骨折しているから、添え木をされ、さらに溺れかけたときに水を飲んで、砂利《じゃり》や木屑《きくず》で喉を痛めて、声が出ない。首にも湿布《しっぷ》が巻かれている。

徳右衛門が季兵衛をちらりと見て、

「おまえからも礼を言わんか。命の恩人やないか」

と促《うなが》すと、左手で喉を押さえながら、ゆっくりと頭を下げた。だが、目は笑っていなかった。体を動かすたびに全身に痛みが走るようだ。あばらにもひびが入っているようだという。

「礼と言ってはなんやが、これは気持ちですさかい。どうぞ、お収め下さい」

徳右衛門は手代に持ってこさせた二十五両の封印小判を、鉄次郎の前に置いた。角兵衛はぎょっとなって驚いたが、そんな大金を見たこともない鉄次郎は、

「なんでしょうか?」

と返した。

「ど、どあほ。こりゃ封印小判や。しかも、御公儀の封印がされたまんまや。えらいこっちゃ、こりゃ」

角兵衛の方が興奮していた。一両で家族四人が一月暮らせるというから、二年分の収入も同然である。話を聞いて鉄次郎も反っくり返りそうになって、

「こりゃ、いかん……こんな大金貰うようなことはしてないけん、罰が当たります」

「いやいや。あんたは、うちの大事な大番頭を助けてくれたのや。この男がおらなんだら、店は途端に立ちゆかなくなる。どうか、どうか、お受け下され。でないと、私も辛《つろ》うおまっさかい」

と徳右衛門は丁重に言った。

「いや、こりゃ、あかん……溺れかかった人を助けるのは、これ、当たり前のことですし、儂は別に大したことはしてないけん」

「ますますもって気に入った。人助けをするのは当たり前。そうは言いますがな、簡単にでけることやない。しかも、自分の命を賭けて、なんてことはできまへん」

ポンと膝を叩いて、徳右衛門は感心した目で鉄次郎を見つめた。

「でも、旦那さん。儂だけやない。他の大工や職人らが、みんなで助けたんじゃけん、儂だけの手柄やない」

「いや、それでも……」

「とんでもない。とんでもない」

しばらく押し問答があってから、徳右衛門はまた膝を叩いて、

「いや。ほんま、今時珍しい大した若い衆《わかいし》や。金がすべての当世ながら、ここまで欲がないとは……益々もって気に入った。こうなりゃ、私かて昔は、〝いっこくもん〟だの〝へんくつ〟だのと言われた男や。何がなんでも受け取って貰うまで、帰しまへんで」

「あ、いや……」

困って首の後ろを掻《か》く鉄次郎を、季兵衛は忌々《いまいま》しげな目で見ていた。

「嫌と言うなら、鉄次郎さん、睨《にら》めっこで勝負しまひょ」

「睨めっこ?」

「ええですな。いきまっせ」

達磨《だるま》さん、達磨さん、睨めっこしましょ。笑うたら駄目よ、あっぷっぷ——徳右衛門は有無を言わさず、鉄次郎に向かって歌った。仕方なく鉄次郎も応じたが、徳右衛

門のひょっとこのような顔には、思わず吹き出してしまった。

「ほらほら、あんたの負けやで。受け取って貰いまひょか」

それでも鉄次郎は固辞しようとしたので、角兵衛が割って入って、

「分かりました、旦那さん。この金は私が一旦預かって、後でこいつにきっちり渡しますさかい、この辺で勘弁してやって下さい。田舎者やから、どうしてええか分からんのですわ」

「さよか。ほなら、あんじょう頼みましたで」

「承知致しました」

角兵衛が平伏して受け取ったとき、徳右衛門はひょっとこ顔を嘘のように真顔に戻して、腕組みで唸《うな》ってから、

「それにしても、角兵衛はん。高麗橋の普請が遅れたのは大きな痛手や。西のお奉行様からも、えらい叱《しか》られてな、困っておるのや」

西町奉行所は東横堀川の東岸、高麗橋から南下した所にあるから、高積《たかづみ》見廻り方の与力や同心も様子を窺《うかが》いに来ていた。

「すんまへん。申し訳ありまへん」

「あんたが謝る筋合いではないが、棟梁の岩蔵は替えた方がええな」

「今般のことは、素人《しろうと》同然の人足を届けた私にも責任があります」

「そうかもしれんが、普請場の大将は岩蔵やないか。お奉行に申し立てしておかぬと、こっちが公儀御用達を解かれるかもしれへん。代々続いた店を潰すわけにはいかんからな」

店は自分のものではない。先祖から受け継いで、子孫に渡すというのが商人の務めである。しかし、徳右衛門には子供がいなかった。いや、息子がひとりいたのだが、幼い頃に流行病《はやりやまい》で死んでしまったから、いずれは誰かを養子に貰い受けて、番頭の季兵衛を後見にして存続させようとしたが、良縁には恵まれていなかった。

だからこそ、季兵衛は主人には黙って、店を〝居抜き〟で買い求める人を探していたのである。むろん、徳右衛門には、一切その気はない。

「あの……」

鉄次郎は、岩蔵の責任について話している徳右衛門と角兵衛の間に割り込んだ。

「普請のことも材木のことも、何も知らんのになんですが……気になったことがあるので、ええでしょうか」

「気になること?」

「へえ。儂は別子の銅山にいた頃から、材木運びも仕事みたいにしてました。そして、この前、湊から揚げた材木を木場に移す仕事もしましたが、そん時に感じた重みと、普請で使っていた材木の……なんちゅうか、肩に加わる力の感じが違いました」

「そら、鋸《のこぎり》で長さを整えたり、鉋《かんな》を掛けたものとは、肌触りも重みも違うやろう」

角兵衛が答えると、鉄次郎は首を振って、

「そうじゃのうて、橋桁に使うものにしては、なんとのう安っぽいなと感じたのです」

「安っぽい？」

「言葉は悪いけんど、頼りないというか……」

「こらッ、鉄次郎」

とっさに、角兵衛は語気を強めた。

「おまえ、なんちゅうことをッ。命の恩人やと気イ使うてくれてる旦那さんに、安普請をしとるとでも言うのかいな」

「いえ、そんなつもりは……」

口ごもる鉄次郎を、徳右衛門はギロリと睨みつけた。痩せているから、髑髏《しゃれこうべ》のようで、ぞくっとするほど恐く見える。だが、その表情はすぐに緩んで、にこりと微笑《ほほえ》んだ。

「――あんた……別子で採鉱夫してたちゅうてたな」

「へえ……」

「住友さんなら、私も少々つきあいがある。銅山の話も色々と聞いたことがあるが、辺りは排煙で禿《は》げ山というじゃないかい」

「そうです」

「なのに、どうして材木のことを？」

「……そりゃ、伐採した材木で家や小屋を自分たちで建てたこともありますし、川に架ける簡単な吊《つ》り橋なんか造ったりもします。炭焼きに使う木かて、散々運んだけんな……貧乏やから、何でもして働いて、足しにしてたんですわ」

「なるほど……で、安い材木と見抜いたちゅうわけか」

「いや。見抜いたというほどでは……」

「謙遜《けんそん》せんでええ。素人の目の方が、意外と正直かもしれへん。なあ、季兵衛」

徳右衛門がちらりと見やると、季兵衛は喉をうっと唸らせて、首を傾げた。

「そうか……おまえは感づいてなかったか。私は随分と普請場には出向いてないが、貯木場には散歩がてらに出向く。近頃はとんと鋸を引く音が軽い気がしてな、なんや気になってたんや」

「鋸を引く音……」

鉄次郎がわずかに不思議そうに見やったが、納得したように頷いて、

「儂らが鑿《のみ》や玄翁《げんのう》で岩を叩いても状態が分かるように、材木の良し悪しが分かるンですかな」

「そういうことや。私も丁稚《でっち》から始めて、何十年も材木を見続けてきたからな。樹皮《かわ》に触れるだけで、木口《きぐち》を見なくても、赤身《あかみ》や白太《しらた》の様子が分かる。柾目や板目がどんな塩梅かもな」

木口とは輪切りにした断面のことで、赤身とは中心部、白太とは周辺の白い部位である。また、飽水状態なのか乾燥状態なのかも、触れば分かると徳右衛門は言う。

「うちは、伐採から、葉枯らし、玉切り、木取り、挽《ひ》き割り、乾燥とぜんぶ関わっておるからな。ちょっとした違いでも分かるのや。そうやな、季兵衛」

先程から、しつこく季兵衛に声をかける徳右衛門には、何かしらの意図があるように鉄次郎は感じていた。それは角兵衛も同じで、声をかけられるたびに項垂《うなだ》れていく季兵衛の顔を見て、

——妙だな……。

と思っていた。すると、徳右衛門は意を決したように、

「な、季兵衛。素人の鉄次郎さんでも見抜いたのや。これ以上、『丹波屋』の恥になるようなことは、せんといてくれんか」

「………」

声が出ないので、季兵衛は困ったように両手を振っていたが、徳右衛門は静かに、訥々《とつとつ》と話しはじめた。

二

「ええか、季兵衛。私の目を節穴と思うなよ。材木問屋の主が、節穴だらけやったら、洒落《しゃれ》にならへんやないか」

徳右衛門が真剣なまなざしになると、季兵衛は唇を噛んで、じっと耐えるように、膝の上で拳を握りしめていた。鉄次郎と角兵衛も傍《かたわ》らで、固唾《かたず》を呑んで見守っていた。

「そんな恐い目で見なや、季兵衛……おまえは口が達者やから、いつも私をパッパと言いくるめよるが、今日は幸か不幸か、口がきけんさかいな。少しくらい、こっちの話を聞く方に廻りなはれ」

「…………」

「私ら、材木問屋はあらゆる商いの中で、最も古いものや。そういう自負があって、商いに勤《いそ》しんできた。いにしえの材木座から、材木を扱う問屋は大事な大事な存在で、世の中、人のために役だってきた」

分かってますとでも言いたげに、季兵衛は首を振った。

材木問屋は平安や鎌倉の時代から、国造りのために必要なものだった。元々は荘園の作物などを運ぶ問丸と呼ばれる業者だったが、やがて諸国の材木を運ぶ問屋にな る。特に、戦国の世が終わり、江戸幕府が平和をもたらし、諸藩で城下町造りが一斉に始まると、勢いは留まることを知らず、どんどんと広がった。

そんな中で、材木問屋は商人の中の商人と言ってよいほど富を蓄《たくわ》えてゆく。天下一の豪商といわれた大坂の『淀《よど》屋』も最初は、材木商を営んだ。

江戸も大坂も同じような事情で、問屋と仲買に分かれているが、『丹波屋』は山の買い付けから、山出しも自らやっているから、公儀の信頼も得てきたのである。

「町造りは人作りと心得よ……代々、そう言われてきたことを守らねばならん。それを、おまえはどう思う、季兵衛」

険しい目ではあるが、慈《いつく》しみも湛《たた》えている穏やかな顔で徳右衛門は訊いた。季兵衛は黙ったまま頷いた。何か言いたそうに口元がゆがんだが、掠《かす》れた溜息しか出なかった。

「自分でも分かっているのやな。おまえは、材木が橋桁を支える修繕には耐えられないものと知りながら、棟梁に渡したんと違うか」

違う違うと首を振る季兵衛は、咳《せ》き込むように、

「そ、そんなことおまへん……」

と必死に叫んだが、息が漏れたに過ぎなかった。徳右衛門は冷静に聞いており、

「そうか。違うちゅうなら、今度だけは信じてやろう。しかしな、職人らに訊いてみたら、おまえは安く済ませるために、棟梁の岩蔵が一度は拒《こば》んだ材木を、無理強いして使わせたそうやないか」

必死に首を振り続ける季兵衛を、徳右衛門は哀《あわ》れみさえ浮かべた目で見て、

「おまえが怪我をしたのは自業自得ちゅうやつや。あのまま修繕を続けて、もしものことがあったら、取り返しのつかんことになってたかもしれん」

「…………」

「この『丹波屋』が潰れるとか、そういう話とちゃう。人様に迷惑をかけたら、人として終《しま》いやちゅうことや」

篤と話したが、それでも自分のせいではないとでも言いたげに、季兵衛は縋るような目で首を振り続けた。

「まあ、よかろう。声がしゃんと出るようになってから、言い訳を聞いたるさかい。今日のところは休んどり。ほな、行き」

主人に命じられて、深い溜息をつきながら、部屋から出ようとしたその背中に、

「ああ。そうや。この鉄次郎はんな、この店で雇おうと思うのやが、おまえどう思う」

「！……」

「おまえの命の恩人やし、何より、今、ここで初めて会《お》うて、こいつはいける。私はそう思うたのやがな」

季兵衛はいいとも悪いとも言えず、ただただ鉄次郎の顔を恨《うら》めしげに見ていたが、

「そうか。おまえも賛成か。なら、話が早い。下働きから始めて貰おうと思うが、季兵衛……あんじょう頼んだで」

と徳右衛門は勝手に決めた。

「あ、いや、それは困ります……儂は商売のことなんぞ、とんと……」

知らぬと鉄次郎は拒んだが、徳右衛門の耳には入っておらず、にこりと笑った。

——この爺《じい》さん、惚《とぼ》けておるが、なかなかの強者やな。

と鉄次郎は思った。〝いっこくもん〟とか〝へんくつ〟と言われていた片鱗《へんりん》を見ることができた。とはいえ、鉄次郎には商売なんぞする気がない。季兵衛が立ち去ったところで、きちんと断ろうとすると、

「ほれみてみい、鉄次郎。わいの目も狂いがなかったちゅうこっちゃ」

ニコニコと角兵衛が身を乗り出した。

「おまえをただの人足にしとくのは勿体《もったい》ない。そう言うたろうが。材木問屋で奉公しながら、岩蔵に大工の手ほどきをして貰《もろ》うてもええやないか。なあ、旦那さん」

「いや。商売人は商売をして貰わんとな」

徳右衛門はしょぼついた目の奥をギラギラと光らせて、

「番頭の季兵衛は長年、この店に奉公してて、仕事の出来る奴や。だが、ちょいとばかし、変な欲がある。人を妬《ねた》む癖《くせ》がある。そこが残念や。しかし、悪い奴やない。鉄次郎はん……あんたが、店に入ることで、もしかしたら、季兵衛の奴も昔のように、腹の底から人様の役に立とうと思える人間に戻るかもしれん。どうか、どうか、宜《よろ》しく頼んます」

と頭を下げた。それでも困惑している鉄次郎を、徳右衛門はじっと見据えて、

「ほんまに、あんたのその恐いモノ知らずの性根が欲しいのや……大坂の町人は、江戸町人と違《ちご》うて、お上におもねたりせえへん。むしろ、反骨の気概《きがい》がばりばりや」

町人というのは、正確に言えば、地所を持っている者のことで、他は借家人《しやくやにん》と呼ばれる。だが、いずれにせよ武士よりも気位が高い町人が、大坂には多かった。

たしかに、大坂城代の指揮の下、町奉行が大坂の町を支配している図式は、江戸と変わらない。そして、江戸が奈良屋《なら》、樽屋《たる》、喜多村《きたむら》という町年寄が、町名主を従えて、町政を担っているように、大阪では、〝三町人《さんちようにん》〟が〝惣年寄《そうどしより》〟らを実務家として、町政や商売の監督指揮を任されている。

〝三町人〟とは、尼崎屋又右衛門《あまがさきやまたえもん》、寺島藤右衛門《てらじまとうえもん》、山村与助《やまむらよすけ》の三人が、世襲している。江戸の町年寄三家と同様である。が、江戸の三家と違うのは、豪商であるということである。

江戸の三家は元は武家であるから、旗本並みの収入が入るように、幕府から屋敷や地所を与えられて、御用金なども使うことができた。それに比べて、大坂の〝三町人〟は、河川の船運や御用瓦などで財を成した、大坂屈指の大商人である。

中でも山村家は、御用大工で大坂城の普請はもとより、町内の神社仏閣や御用屋敷、橋梁など、あらゆる普請に関わっているから、『丹波屋』とは昵懇《じつこん》であった。

「その御三家ならぬ〝三町人〟の方々は、もはや幕府も危ない、いずれ新しい世の中になるかもしれへんから、来るべきときのために、十分な支度をしとかなあかん、そう言うてますのや」

「そんな畏《おそ》れ多い……」

鉄次郎は思わず首を竦めると、

「なんも、この大坂じゃ、武士より町人の方が偉い。偉そうにしてる町方与力や同心なんざ、態度は大きいけど、幇間《たいこもち》も同じやさかいな。あんな連中に媚《こび》を売る商人はいてまへん……もっとも、うちの季兵衛はちょいとその気があるけどな」

「はあ……」

豪儀《ごうぎ》な話だが、鉄次郎は俄《にわか》には信じられなかった。四国の田舎ですら、たかが川之江代官所の役人に、住友家の手代らが兢々《きょうきょう》としていたからである。

「ま、大坂は、そういう意味では、ちょっと変かもしれへんが、人情を重んじて、神仏を信じて、正直に取り引きをする——これだけを守っておれば、侍なんぞ恐うない。ええ、あいつらは、人情よりも義理が大事で、神仏よりも己が強いと思い込み、建て前だけで生きてるからな。土台がちゃうわい」

痩せ細った体のどこから、この気迫が漲《みなぎ》ってくるのかと鉄次郎は思った。角兵衛

は徳右衛門の言葉にポンと鼓を叩くように、

「やっぱり、『丹波屋』の旦那さんは、根っからの大坂商人でんなあ」

「いや、根っこは猪《いのしし》ばかり追ってた、丹波篠山《たんばささやま》の田舎者や。うははは」

と笑ったところへ、行商人が荷物を背負って中庭に入ってきた。

「なんや、楽しそうですなあ」

「ああ。こりゃこりゃ、越中富山《えっちゅうとやま》の……」

「へえ。ご無沙汰《ぶさた》さんどす」

「近頃は、あまり眠れないンでな。夜中にも目が覚めてしまうのや。ええ眠り薬はないかいなあ」

「旦那、そりゃ無理やわ」

「なんでや」

「うちは置き薬ですから。越中富山は、〝起きい薬い〟てなことで」

行商人が調子よく言うと、鉄次郎は「なるほど」と膝を叩いて大笑いをした。すると、角兵衛も笑いながら、

「おもろいけど、こりゃ、三味線講釈師の紫文《しもん》さんの真似《まね》どっせ」

と言った。

薬売りが、申し訳ありませんと頭を掻きながら、何気なく鉄次郎を見やると、

「アッ――！」

驚いて、反っくり返った。

「また何か洒落でも言うんやないやろな。びっくりこけたと、栗と下駄《げた》を差し出すとか」

と角兵衛が茶々を入れると、行商人は目を丸くして、

「いやあ……この人、『丹波屋』さんの知り合いでしたか……いやあ、驚いた……若いのに立派なお人でな、あの清水の次郎長一家は大政、小政と並ぶ、増川仙右衛門と渡りあった、肝《きも》の据《す》わった凄腕の人やがな」

そう言って恐縮した。金毘羅船《こんぴらぶね》で、泣いていた乳飲《ちの》み子を抱えていた母親を助けたとき、同じ船にいたらしい。その顚末《てんまつ》を聞いた徳右衛門と角兵衛は、ますます目を輝かせた。

「なるほどな……鉄次郎。おまえ、やはり只者《ただもの》じゃなかったな、ええ。増川仙右衛門といや、頭もええし、商売にも長《た》けてて、誰もが一目置く、大物中の大物や……いやあ、こりゃ、凄いやっちゃ。こっちが子分にして貰わなあかん」

角兵衛が腹の底から感服すると、徳右衛門も頷きながら、

「決まりやな、鉄次郎はん。丁稚といわず、手代といわず、番頭からいきますかな」

豪儀に言って大笑いをした。鉄次郎は懸命に、手を振って拒んでいたが、徳右衛門は頑《がん》として譲《ゆず》らなかった。

そんな様子を――。

中庭を挟んだ、渡り廊下の向こうから、季兵衛が腹立たしげに睨んでいた。

三

物事が変わるときというのは、とんとん拍子に進むものである。

鉄次郎は初めは戸惑《とまど》っていたものの、この一月、商売のいろはを『丹波屋』二番番頭の美濃助《みのすけ》に叩き込まれて、手代として扱《しご》かれた。美濃助は四十がらみの苦み走った〝ええ男〟だった。大店中の大店ゆえ、店には番頭が四人おり、一番番頭の季兵衛は、店の一切合切を取り仕切っていた。

御用を与《あずか》る『丹波屋』ほどの大店になれば、主人の給料も決まっており、徳右衛門が勝手に変えることなどできはしない。もちろん、店の財務に関わることは、番頭たちが合議で決めるものの、どう采配を振るうかは、一番番頭の器量で決まる。ゆえに、奉公人の生殺与奪《せいさつよだつ》は、季兵衛にあるといっても大袈裟《おおげさ》ではない。

だから、手代や丁稚たちは、季兵衛の顔色ばかりを窺っていた。

それは鉄次郎とて同じである。徳右衛門のたっての頼みで奉公したとはいえ、一旦手代として店に入ったからには、上役の季兵衛がすべてであった。

「おい、鉄次郎。なんじゃ、この棚の埃《ほこり》は。ちゃんと掃除しとんのか」

目の敵《かたき》のように言う季兵衛に、鉄次郎は平身低頭《へいしんていとう》で、

「申し訳ないねや……いや、申し訳ありません。すぐ、やりますけん」

と答えるしかなかった。

季兵衛の怪我は完治はしていないが、人を差配するくらい体は動かせるし、達者な口も戻っていた。

「日に何百人もの商人や職人が出入りするのや。一刻でも溜まる埃は溜まる。店の隅々に気を配れん奴が、世間の隅々にまで気をつけることができるかい」

「すんません」

「それと、その物言いや。伊予弁丸出しで店に出られたら敵《かな》わん。仕事が終わったら、誰ぞ手代にでも習《なろ》うて、しっかりと商人らしい言葉に変えなさい。もう一月にもなるのに、なんや、その言葉遣いは……ああ、見てるだけで苛々《いらいら》する。おまえは、ま

だ店に出んでええさかい。表で水撒《ま》きでもしとり」

何が何だか分からないうちに、一月も経ってしまった。てんてこ舞いとはこのことだ。幼い頃からの暮らしぶりとはまったく違うから、鉄次郎は体がついて廻らなかった。

もっとも、季兵衛は事あるごとに、

「どんくさい。アホか。しっかりせい」

というだけで、きちんと仕事を教えてくれようとはしない。用事があれば美濃助に訊けと言うだけである。

読み書き算盤《そろばん》は多少したとはいえ、商人になるような手ほどきは受けておらず、丁稚に毛が生えた程度の出来であった。それを季兵衛は小馬鹿にしたように、

「旦那も耄碌《もうろく》したものや。私が喉を痛めていた間に、勝手に雇うたのはええが、どうもこうもならんへボちんやから、他の者がその分、苦労をするのや。しっかりやれ、このあかんたれがッ」

などと常に苛ついた言葉を投げてくる。

だが、鉄次郎はまったく平気であった。銅山ではもっと凄い怒声《どせい》が飛び交っていたからである。商人の声は柔らかくて、どんなにキツくても子守歌のように聞こえる。

それをある時季兵衛に言うと、

「そらそやろ……やくざ者と張りあう腕と度胸があんのやから、私らなんぞ赤ん坊みたいなもんやろなあ。ほれ、殴るなら殴ってみなはれ、ほら」

と挑発した。手を出させて、店を辞めさせようとしている魂胆が見え見えである。

この手の男はどこの渡世にもいるから、鉄次郎は気にしてはいないが、まともに仕事が覚えられないのがもどかしかった。

そういうことを訴えても、

「アホか。自分で覚えンか。私かて、丁稚や手代の頃は、朝から晩まで働いたその後に、一生懸命帳面を繰りながら算盤弾いて、眠らずに勉強したものや。おまえは何事にも根性が足らんのやないか。そやから、銅山も追い出され、大坂に出てきても、ろくに仕事もでけへん。ほんま、あかんたれの見本やな」

と口から湧いてくるがままに、季兵衛は喋り倒そうとしているだけだった。

もっとも、季兵衛の言うことは間違いではない。

商人というのは、武士よりも厳しい上下関係がある。つまり、〝年功序列〟である。

もっとも、年齢が上がれば出世するとは限らず、能力次第である。

丁稚に入って、〝子供〟と呼ばれて修業が始まるが、十五歳の元服が終わると〝若《わか》衆《しゅ》〟と呼ばれて、ようやく半人前となる。この頃になると、ひとりで表に使いに行かせてもらえるようになり、概《おおむ》ね奉公してから九年経ったら、ようやく手代となって、一人前に扱われる。

手代になってからは仕事の補助ではなく、仕事を任されるから、益々忙しい毎日となる。病気の心配もしないように気を配るから、神経もすり減ってくる。その分、商家の奉公人として、世間からも認められるから、やり甲斐《がい》や張り合いも出てくる。

暮れと夏、年に二度の役替えがあって、売り場や外出勤め、仕入れや蔵番、屋敷番など色々な仕事を覚えさせられる。特に、通帳《かよいちょう》を作らされて、売掛金を回収する仕事は辛い。残掛《ざんかけ》回収は遠方でも、何度も行かねばならないからきつい仕事だ。相手とのやりとりで、心も体もくたくたになる。

だが、そういう修業を経て、概ね、平手代から小頭役となり、組頭や年寄役、そして支配役、つまり番頭となって、いずれは暖簾《のれん》分けをされるのである。京に本店がある格調高い店は、さらに、勤番役や詰番役となって、諸国にある出店の管理監督も行うのである。

ここ『丹波屋』では、丁稚、平手代から上座、連役、役頭、組頭、支配、通勤支配、後見、名代《みょうだい》、勘定名代、元方掛名代、加判名代、元締、大元締というふうに、豪商の鴻池、住友、三井《みつい》のような十五の段階があった。

季兵衛はその〝てっぺん〟の人だから、鉄次郎から見れば、まさに遥か雲の上の頂《いただき》にいる人である。

報酬は年に二百五十両を超え、それに褒美金が貰えて長期の休みも取れる。三十俵二人扶持の町方同心は金に換算しても、せいぜいが年に十八両の収入だから、結局は、草薙が季兵衛に腰巾着《こしぎんちゃく》のようについて廻るのは当然のことであろう。

しかし、その分、番頭には厳しい規律や義務があった。享保年間には、『民家分量記』という本が出て、

「臣は勤仕を怠《おこた》らず、君に非あらば諫《いさ》め、難あれば一命をも惜しまぬを以て義理とす。これ天の理、人の義なり」

と記されている。

番頭の心得だが、もともと季兵衛はこれを座右の銘《めい》として、主人をおろそかにせず、自分の傲慢《ごうまん》さを抑え、堪忍《かんにん》を通して、店に奉公することを心に誓っていた。

だからこそ、丁稚や手代には厳しくするのだが、主人の徳右衛門は近頃、手代らには孫に対するように甘い。季兵衛はまったく示しがつかず、

——アホが鉄砲を撃った。

ように、すべてが無駄になってしまうのである。そして、手代の間からは、「小言《こごと》幸兵衛《こうべえ》」だと陰口を叩かれるようになり、真面目な性格ゆえに、ちょっとしたことでも悪口に聞こえてしまって、いつもカリカリするようになった。

そんな中に、主人の〝お墨付き〟で鉄次郎が舞い込んできたから、季兵衛としては面白くない。

それどころか、丁稚から一生懸命働いて、やっとこさ手代として仕事を貰えるようになった者と、まったく肩を並べて奉公する鉄次郎に、どう接してよいか分からないのである。だから、余計に季兵衛は苛々が募っていたのである。

店の前を通りかかった草薙は、

「こら。何をする。この若造、何処《どこ》に目をつけてんのやッ」

と言いながら、鉄次郎が柄杓《ひしゃく》で水を撒いている前に足を踏み出した。わざとやったことは明らかだったが、

「これは相済みません……」

鉄次郎は頭を下げて謝った。だが、草薙はいかつい顔つきで、

「天下の『丹波屋』に、こんな奉公人がおったのか。ちょいと主《あるじ》を呼んでこい」

「申し訳ありません。私の不注意でございますから」

と、もう一度、丁寧に謝った。

その鉄次郎の顔を、草薙はまじまじと見て、

「おお……もしかして、おまえか……たしか鉄次郎ちゅうたな」

「へえ。覚えててくれたんですか。私の方はもう、十間（十八メートル）も向こうからいらしてるのが分かっておりました」

「分かってたら、挨拶せんか」

「その前に、旦那がわざと、柄杓の水にかかったので、つい言いそびれました」

「！……なんだと」

カチンときて顔を突きつけた草薙は、

「上等じゃないか。俺がわざと水にかかったとぬかしやがるのだな。益々、主を呼んで貰おうか。おう！　誰か、出て来い！　このガキじゃ話にならぬ！」

と大声を上げると、揉《も》み手で季兵衛が飛び出してきた。草薙が何を言いたいか分かっていたような態度で、

「承知してます……へえ、主人でございますな……主人で……少々、お待ち下さいまし。すぐに、すぐに……」

腰を曲げていた季兵衛が上目遣いで草薙を見て、わずかに目配せをしたのを、鉄次郎は見逃さなかった。だが、素知らぬ顔で、季兵衛に言われるがままに、店先の塵《ちり》拾いや水撒きを続けた。

四

奥の座敷に通された草薙は、上座にでんと座って、煙管《きせる》を吹かしていた。十手を帯に差して、黒羽織を着たままで煙草《たばこ》をくゆらすのは、傍目からも美しいものではない。

季兵衛に通されたはよいものの、肝心の徳右衛門はなかなか現れなかった。痺《しび》れを切らしたように、

「まだか、季兵衛」

と煙を吹き出しながら訊いたとき、廊下から足音もさせずに入ってきた。

「い、いたのか……？」

少し驚いたように草薙が箱火鉢に煙管の灰を落としてから、

「待たせるではないか、丹波屋」

「いきなり来て、待たせるではないかとは、お言葉ですな」

「……なんだと」

「それに季兵衛や。あんた、いつから町方の旦那に、呼び捨てにされる仲になったのや。気いつけんと、賄《まいない》でも渡してると世間様に誤解されまっせ」

と機先を制するように言った。

番頭格になれば、与力でも同心でも、「季兵衛さん」とさんづけで呼ぶのが普通である。そこが江戸と違うところだが、『丹波屋』くらいの大店になれば、〝さん〟づけでないと、武家であっても無礼というものであった。

「賄など……私はそのようなことは……」

「してることは、私は承知してる。節穴と思うなと言うたはずや。しかし、季兵衛は季兵衛なりの考えでやってることとやろう。たとえば、こんな草薙の旦那かて、何か厄介な客が来れば追っ払ってくれるかもしれへんからな。役立たずとは言わしまへん」

朗々と話す徳右衛門に、草薙は露骨《ろこつ》に不機嫌な顔を向けて、

「それくらいにしとけ、丹波屋。俺がお奉行に伝えれば、あの橋のこととて、この店のせいになってしまうのやぞ」

「脅《おど》しですか」

「冗談を言うな。本当のことだ。普請場に相応《ふさわ》しくない安い材木だということは、俺も後で聞いて驚いた」

「誰から聞いたのです？」

「季兵衛に決まってるではないか。主人に命じられて、安普請に荷担した。そうしなければ、自分の首も危なかった、とな」

「ほう。季兵衛……おまえはそういう奴やったのか」

困ったように季兵衛は目を逸《そ》らして、

「あ、その、私は……問われたことに答えただけです。あの事故は大きな事故で、この私が怪我をしたんですからな。痛めた体で何度か番屋まで出向いて、そのときの話やら、材木の話やらをしたのでございます」

「さよか。で、この私が命じたと？　安普請のせいと？」

「そりゃ、なんちゅうか……口では、おっしゃらんでも、長年、旦那に奉公させて貰うてるのやし、言いたいことは分かります」

「なるほどな。物は言いようやが、おまえはそこまで腐ったんか？　悪い人間じゃない。いや、むしろ『丹波屋』のために生涯を捧げてくれる男や。感謝の言葉もないと思うてたのに……飼い犬に手を嚙まれるとは、このことやな」

徳右衛門は実に悲しそうに俯《うつむ》いて、目尻から流れる涙を拭った。それを見ていた草薙は、ふんと鼻で笑って、

「お上なんぞ恐くない。幕府もいつ倒れるか分かったものやない……そう豪語してたそうやな。おまえは、この船場を火の海にした大塩平八郎《おおしおへいはちろう》にでもなったつもりか」

大塩平八郎の乱は天保八年（一八三七）だから、ざっと二十年も前の事件である。大飢饉《だいききん》で米不足であったにも拘わらず、大坂東町奉行の跡部良弼《あとべよしすけ》は将軍に米を送ろうとした。

義憤にかられた大坂町奉行・大塩平八郎は、米の買い占めをしていた米問屋たちに〝天誅〟をくわえるために、鴻池などの豪商を襲って火を放ったのだった。だが、所詮は烏合《うごう》の衆。半日足らずで鎮められたが、大塩の行方は分からないままだった。

「俺はまだ見習い同心になったばかりだったがな、よく覚えているよ」

「…………」

「あのとき、この『丹波屋』も煽《あお》りを食らって打ち壊しの憂《う》き目に遭ったはずだ。それを守ったのが俺たち町方同心やぞ。恩義に感じるどころか、公儀をコケにするとは、小身とはいえ、俺も幕臣のひとりだ。無礼打ちにしてもええのやぞ」

右膝の脇に置いている刀を摑《つか》んだ草薙の目は鋭く光ったが、本気で斬るわけがない

と徳右衛門は踏んでいた。

何より、もはや惜しい命などはない。もうすぐ極楽からお呼びがかかる身であることは、自分が一番よく分かっていた。声の張りがいいのも、空元気である。あるいは消える直前の蠟燭《ろうそく》の炎というところか。

「おお恐い、恐い……でも、これは私の勘ですけどな……早晩、徳川の治世は終わりになりまっしゃろ。そんなことは、幕府の偉い方が一番分かっとんのとちゃいますか」

「貴様ッ。本当に斬られたいのかッ」

「この先、どんな世の中になるか、私には思い浮かべることもできまへん。どうせ生きてないさかい、どうでもええことですが、あんさんはまだ生きてるかもしれまへん。そんとき、あんたは……」

「そんとき、俺は……」

つられて聞き返した草薙に、徳右衛門は微笑みかけながら、

「あんたなら、新しい世の中になっても、うまく立ち廻って生きてるでしょうな」

「いい加減なことをぬかしおって」

「それだけ逞《たくま》しいということでんがな。なあ、草薙さん。目先のことより、もっと

遠い先のことを考えて……」

「黙れ、黙れッ」

草薙は怒鳴りつけて、刀の鯉口《こいぐち》を切った。

「下らぬことを言いおって……おまえは、すでに罪人も同じなのや。そこまで偉そうにぬかすなら、奉行所まで来て貰おうか」

「はて、どういう意味ですかな？」

平然と見やる徳右衛門に、草薙は目を細めて睨みつけ、

「さっきも言うたが、おまえは利のために安普請をしようとしたであろう。それだけではない。咎人《とがにん》を庇《かば》うつもりか」

「咎人……？」

「鉄次郎のことだ。この着物に水を掛けたあの男は、研市という男と……」

と言いかけた草薙を止めるように、徳右衛門はすっと立ち上がって、

「帰っておくれなはれ」

「おいッ。最後まで聞かずに、この無礼者が」

「無礼は旦那の方ではありませんか。その話は私も調べさせて貰いました。〝薬札〟のことでございましょ」

「そうだ。鉄次郎はグルなのだ」

「出鱈目《でたらめ》も大概にしてくれなはれ。何のために言いがかりをつけてるのか知りませんが、これ以上、てんご（悪ふざけ）を言いますと、〃三町人〃にも出て来て貰わなあきまへん」

町奉行の支配下にあるものの、実質は〃三町人〃がいないと町政はうまく事が運ばない。大坂町奉行といえども所詮は、幕府から送られてきた遠国奉行に過ぎない。老中直々から通達を受ける立場の〃三町人〃には、権威があった。そして、町奉行は地元の役人や町人が後押ししなければ、何もできないのである。

よって、〃三町人〃に登場されると、町奉行としても厄介なことになる。ましてや、与力や同心は手も足も出ない。

「それに、研市ちゅう人のことは知りまへんが、鉄次郎は確かな人だす。それとも、うちの手代に何か文句があるのですか」

嗄《しわが》れ声ながら、強気に言う徳右衛門に、草薙はジロリと季兵衛を見やり、

「おい……どうなっておるのだ……話が違うではないか」

と責めるように言った。

「あ、いえ……私は、何も……」

曖昧《あいまい》に誤魔化した季兵衛は、今すぐにでも逃げ出しそうな顔になった。徳右衛門はそんな様子の季兵衛に強く言った。

「おまえは番頭のくせに、この店を貶《おとし》めようとしてるのか。ああ、言い訳はええ。前々から分かってたこっちゃ」

ギラリと鋭い目になって、草薙と季兵衛を見比べながら、

「私はこの店を誰にも売る気はない。跡取りのことを、他人に心配されることもない。ふたりで何を企《たくら》んでるか、おおよそ察しはつくが、私の目の黒いうちは何もさせへん。よう肝に銘じといておくれやす」

毅然《きぜん》と言い切って、もう一度、睨みつけると自室へと戻った。

残ったふたりは短い溜息をついて、お互いにそっぽを向いたままである。草薙の方が痺れを切らしたように、

「まったくッ。これでは、俺の顔は丸潰れだ。せっかく同じ材木問屋仲間の『木曽《きそ》屋』に話をつけてやったというのに」

と言った。声は押し殺しているが、憤懣《ふんまん》やるかたない顔つきである。

「すんまへん……」

「謝られてもな……大丈夫なのか。跡継ぎがおらねば店は闕所《けっしょ》、私財はお上に没収さ

れるのだぞ。放っておいてよいのか」
小さな店ならともかく、公儀御用達ほどの大店ならば潰されることはない。まして
や、闕所という罪科が下されるわけがない。〝三町人〟や惣年寄、問屋仲間らが協議
をして、店の継続を誰かに委任するに違いあるまい。
もっとも、本来ならば、主人が元気なときに跡継ぎを決めておくべきである。それ
を奉行所に届けねばならぬ。
「草薙様……主人はどうも、私を跡取りにする気はありまへん。かといって、二番番
頭の美濃助ではまだ店主としては力不足。問屋組合の番頭寄合では、根廻しをしてい
るのですがね……」
「おまえの言い訳は聞き飽きた。俺は金さえ入ればいいのだ。おまえは高い報酬ゆ
え、そんな暢気《のんき》なことを言っておるが、どうせ腹の中では、主人と同じで、俺を見下
しているのであろう」
「そんなことはありまへん」
「何か手立てを考えんか。おまえが主人になるための方策なら、なんぼでも力になっ
てやるぞ。たとえば、殺してしまうとか……」
「ま、まさか……そんな恐ろしいこと……」

「喩《たと》え話や。店の差配はおまえの胸三寸じゃないか。徳右衛門を押込《おしこめ》してしまえば、それでいいのではないか」

押込とは、家臣が藩主の不行跡《ふぎょうせき》を咎《とが》めて、軟禁することだ。場合によっては商家であっても、同じようなことを、番頭や手代が主人に対して行うこともあるのだ。

「駄目な主人を諫めるのも、番頭の務めであろう。違うか」

怒りが爆発する寸前で、草薙は唇を嚙み、鯉口をパチンと戻した。

五

奉公人は朝から晩までやることが決まっていて、きちんと規則正しい暮らしをしている。体が慣れるには一年や二年かかるものだが、鉄次郎は要領がいいのか、わずか二ケ月足らずで、それらしい雰囲気になった。

――いかにも大店の手代風。

になったのである。

もっとも、〝風〟であることに変わりはなく、見かけは堂々として、立派な手代には見えるが、商人としての物腰はまだ硬く、相手を威圧するものが残っている。それを、生意気と受け取る古株の商人などもおり、ちょっとした〝いちびり（嫌がらせ）〟は日常茶飯事であった。

しかし、商売の信用を失ってしまうような洒落にならない悪戯《いたずら》は、さすがに鉄次郎も頭を抱えていた。

今日も、美濃助の代参で、北浜《きたはま》の両替商『堺屋《さかい》』に、丁稚の詫助《わびすけ》を連れて出かけたときのことである。借用書に記載していた金額が違っていたのだ。金使いと銀使いという、今でいえば円とドルの相場の違いによって、利益が変わってくる。

だが、鉄次郎は相手の言い分をすっかり鵜《う》呑みにして、相手に桁《けた》違いの損をさせたのである。すぐさま、違っていた分の金を携え二番番頭の美濃助が出向いて丁重に謝ったが、相手の主人・文左衛門《ぶんざえもん》はまるで言いがかりをつけるように譲らず、

「金を返せばええちゅう話と違いますがな。これは、おたくとうちの信用に関わることとです。美濃助さん……近頃は、ご主人も耄碌してるちゅう噂ですが、そろそろ季兵衛さんに任せた方がよろしいのとちゃいますか」

またぞろ季兵衛が仕組んだことかと、美濃助も察したが、

「へえ、まあ。それはその話として、今般のことについては、こちらが確認を怠《おこた》った失敗ですさかい、どうぞご勘弁下さいまし」

と平に平にと頭を下げた。美濃助が謝る隣で、鉄次郎も腰を折って深々と頭を下げたが、文左衛門は頑《がん》として、河豚《ふぐ》のような顔を縦に振らなかった。

「この程度で勘弁しろとは、『丹波屋』の暖簾も軽うなったもんですなあ」

暖簾は元々、禅寺で使われていた風よけのことらしいが、なるほど世間からの厳しい風当たりを遮る役目もあるのかもしれぬ。むろん、信用の蓄積の証が暖簾である。その暖簾を守るためには、どんなことでもするのが商人であろう。

「申し訳ありません。この鉄次郎の失敗は私の失敗でございます。二度と過ちはさせませんので、どうかどうか、宜しくお願いいたします。よろしゅう頼みます」

美濃助が懸命に下げる頭の上を、文左衛門はぶんむくれた表情で見下ろし、

「あかんな」

とキッパリと言って語気を強めた。

「こっちは金貸しや。一日の損が十日、二十日と響いてくるんですわ。おたくらのような御用商いと違って、大勢の人様の金を預かって、それを他にお貸ししてますのでな、いい加減なことはでけしまへんねん」

「重々、承知しております」

「だったら、二番番頭のあんさんやのうて、一番番頭の季兵衛さん、いや、主人の徳

右衛門さんが直々に謝りにくるのが筋やと思いますがな」

「とんでもございません。帳場のこと、金の出入りの一切は私が担っております。主人も後日、お詫びに参りますので、今日のところはなにとぞ……」

「いや。承知でけへんな」

頑として譲らない文左衛門に、鉄次郎の方が苛ついて、ぬっと背筋を伸ばすと、

「旦那さん……ええ加減にしてくれまへんか。これは儂が、いや私がやらかしたことですから、私が始末致します」

「ほう。どう始末をつけるのや」

「今日、この場で、『丹波屋』を辞めさせて貰います」

「あほくさ。あんたひとり辞めて、なんぼになるちゅうのや。その首、刎《は》ねたかて、一文にもならへん。何様のつもりや。徳右衛門さんの首なら別やけどな」

文左衛門が嫌らしく口元をゆがめると、鉄次郎は眉間《みけん》に皺《しわ》を寄せながらも、

「これ以上、美濃助さんを困らせないで下さい。どうせ、これも、季兵衛さんが裏で動いてるんでしょうが……」

「黙っとれ、鉄次郎ッ」

険しい声で制したのは、美濃助だった。見せたことのない厳しい目つきで、

「おまえは先に帰っておれ。こっからは店と店の話し合いや」

「しかし……」

「ええから、帰れッ」

美濃助に命じられると、鉄次郎は従うしかなかった。深々と礼をして廊下に出て、立ち去り際に振り返ると、文左衛門はほくそ笑みながら、

「なあ、美濃助さん。辞めるちゅう奴は辞めさせた方がええでっせ。『丹波屋』は、清水次郎長一家と関わりあるならず者を、用心棒代わりに雇うたと、もっぱらの〝評判〟やさかいな」

と挑発するように言ったが、鉄次郎はもう一度、頭を下げて立ち去った。

『堺屋』の表に出ると妙に眩《まぶ》しい陽光が射してきて、鉄次郎は思わず瞼を閉じた。

「まったく……腹が立つやっちゃ……前の儂なら、今頃、あいつの首の骨は折れとるぞ。ほんまに、えぐいやっちゃ」

と独りごちると、その背中から、

「よう我慢したな、鉄次郎」

そう声がかかった。

振り返ると、そこには——研市が立っていた。何が嬉しいのかニコニコと笑って、懐かしそうに近づいてくる。

「おまえ、あら、あかんで。せっかく番頭どんが謝っとんのに、横から余計な口出ししたら、纏《まと》まるものも纏まらんがな」

「研ちゃん……なんで、おまえ……」

「こっちのせりふや。ふいに置屋から消えたと思うたら、いつの間にか、あの『丹波屋』の手代になっとるちゅうて、どないなっとんねや、世の中は」

「いや。研ちゃんに迷惑をかけたらいかんと思うてな、儂……」

「嘘つけ。ほんまは、俺と一緒におったら、町方に追われて、えらい目に遭う。そう思うて逃げたのやろ」

「まあ、半分は当たっとるが、迷惑もかけられんしな。てめえで働かんと」

鉄次郎は適当に誤魔化して、

「それより、〝薬札〟の方は片がついたんか。お奉行所では、まだ燻《くすぶ》ってるようやが」

「こうして、町中を堂々と歩いてるンやから、大丈夫やろ。見てみい、この格好を」

研市は自慢げに、仕立ておろしらしき絽縮緬《ろちりめん》の羽織と着物を見せつけて、

「どや。似合うやろう。気いつかんか。ほら、上物やで」

「盗んできたんと違うやろな」

「なにを人聞きの悪いことを言うのや。これは、『堺屋』の旦《だん》さんに褒美で作って貰うたばっかりや。ふはは」

「なに、『堺屋』て、その両替商か」

「決まっとるがな、どあほ。〃薬札〃の仕掛け人は元々は、『堺屋』さんや。俺はそれをうまく利用して立ち廻っただけや」

「なんじゃとッ」

思わず摑みかからん勢いで近づいた鉄次郎を、とっさに避けた研市は、

「おまえが怒ることないやんけ。ああいうものは元手がないと、一文にもならんさかいな。でな、新しい商売でもしようと思うて、『堺屋』に立ち寄ったところ、おまえたちが謝ってるのを見てしもうたのや」

「…………」

「それにしても、随分《ずいぶん》と下手こいてしもうたな。おまえらしくない……てか、どういうこっちゃねん。おまえが『丹波屋』に手代として潜《もぐ》り込んだンは。何をしたのや、え、どんな汚い手を使《つこ》うたのや。コレか。娘でも、いてこましたか」

実に嬉しそうに、よだれが垂れそうなくらい口元を緩めていたが、

「儂は研ちゃんと違うのや。縁あって、まっとうな商人になろうと思うてな。そやけど、どうやら、その運も尽きた」

「運も尽きた、か」

「元々、商いには向いてなかったし、これでええのや。けど、色々と面倒を見てくれた美濃助さんには、申し訳のうてな」

両肩を落とす鉄次郎に、研市は余裕の笑みを投げかけて、

「そうあっさり諦めるな。『堺屋』には俺が掛け合《お》うてやるわい。その代わり……」

「出た。あんたの、その代わりが恐い。ガキの頃も、研ちゃんに乗せられて、随分と痛い目に遭うてきたからな」

「昔の俺とは違うで。『堺屋』の旦那の弱みは、けっこう握ってンねん。話はあんじよう纏めたる。けど、頼みがあるのや」

「頼み……嫌な感じがしてきた……」

「いやいや。おまえにとってもええ話やがな。実はな……七菜香に頼まれてるのや。あの芸者の……あいつ、おまえに一目惚れしたちゅうてな。今一度、会いたいちゅうねん」

「儂に？　まさか……」

「ほんまや」

「ありえへん。あんな、この世の人とは思えん美しい人が、そんなこと……」

鉄次郎は絶対に信じなかった。研市が何か罠《わな》を仕掛けるための方便だと思った。

「ほんまやて。そやかさい、今度、座敷に呼んでやってくれ。なに、金は俺が持つ。頼んだぜ。ええか。そこで、おまえの男を立ててやるさかいな。一世一代の大花火やで」

「訳が分からん。儂……大坂に来てから、なんや人を疑う癖がついてしもうたわい」

またぞろ何かしょうもない商いをしようというのではないか。嫌な予感がした鉄次郎だったが、美濃助が助かるのであればという思いで、こくりと頷いたのだった。

六

研市がどう関わったか分からないが、『堺屋』との面倒は、すっかり片がついて、『丹波屋』もいつもどおりに商いをしていた。相変わらず人の出入りが多く、鉄次郎は手代として、真面目《まじめ》に働いていた。

職人らも一緒になって、忙しく手代や丁稚が働いている最中に、「よう」と暢気そうな声で、研市が入ってきた。

「番頭さん。今宵《こよい》は、道頓堀の料亭『浜佐久《はまさく》』で、色々な問屋仲間の肝煎《きもいり》番頭だけの寄合やさかい、遅れンと来て下さいや」

帳場で帳面を開いていた美濃助がエッと顔を上げると、

「あんたやのうて、季兵衛さんの方や。どのお店からも、一番番頭さんが来はるさかい、よろしく頼んまっせ。それから、手伝いとして店からひとりだけ頼んでます。この店からは、鉄次郎はん、あんた頼みます」

と名指しをした。

どのような魂胆があるのか、鉄次郎には読めないが、

――七菜香と会えるのならば……。

と期待を込めて頷いた。しかし、季兵衛は鉄次郎を苦手にしているから、別の手代を連れていくと言い張ったものの、きっぱりと研市に断られた。

「ええですな。新町の芸子の綺麗どころを仰山呼んでるから、よろしゅうお願いしまっさ。ほな、また後でえ」

幇間が踊るような仕草で、くるりと背中を向けると、研市は余所《よそ》を廻ると歩き出し

た。鉄次郎は追いかけて、

「おい、研ちゃん。あんた、何を企んでるのや」

「またまた、そんな人聞きの悪いことを。俺は材木問屋の人たちに、一儲けして貰いたいだけやがな」

「そこが怪しいちゅうんや。今度はどんな悪知恵を入れられたのや、『堺屋』に」

鉄次郎は研市の腕を摑んだ。

「美濃助さんから、ちょこっと聞いたんや。『堺屋』は金貸しのくせに、米問屋、薬種問屋、油問屋、呉服問屋、太物問屋……色々な大店の帳場に入っては、あれこれと商売指南をしてるとな」

「商売指南。そら、ええ言葉やな」

「感心してる場合か。おまえもその片棒を担いでるのやろ」

「鉄……年上に向こうて、おまえって言い草はないやろ。ええか、ちゃんと耳クソほじくってから聞け」

研市は耳かきをする仕草をして、

「これからは、材木問屋だの油問屋などと、問屋仲間だけで集まってるご時世やないぞ。オランダや清だけじゃのうて、メリケンだのエゲレスだのちゅう異国の商人がどんどん入って来る。そんときに、問屋仲間が自分たちの商売だけを守ろうとしたら、どないなる。強い異国に乗っ取られるか、潰されるかして総崩れや。そうならんように、俺たちも考え方を変えンといかん。ええか、鉄。問屋仲間の垣根を越えて、一枚岩にならんとあかんのや。それを頭の中に叩き込んどけ」

朗々と言うと、妙に胸を張った研市は、土佐堀川沿いの道を軽やかに去った。

「——おい、鉄次郎」

心配げな顔でついて来ていた美濃助が、小声で語りかけた。

「なんや知らんが、『堺屋』とあの研市って男は評判がようない。おまえ、昔馴染みやからて、ずるずる付き合うのはやめ」

「分かってます」

「しかし、今夜は季兵衛さんも、なんや腹に抱えていくようやから、しっかりと見張っといてくれや。旦那様が心配しとるさかいな、どあほ番頭ちゅうてな」

「へえ。詫助も近くの茶店で待たせておきますから、何かあったら、すぐに報せます」

「ああ、頼んだで」

その夜も、道頓堀の川面《かわも》に映る灯りは、艶やかで美しかった。空に浮かんでいるはずの半月も揺れている。

三味線の音とともに、都々逸《どどいつ》の音が何処からともなく聞こえてくる。

――この袖《そで》で　ぶってあげたい　もし届くなら　今宵のふたりにゃ　じゃまな月。

――三味線枕《まくら》に　あなたとふたり　バチの当たるまで　寝てみたい。

――顔見りゃ苦労を　忘れるような　人がありゃこそ　苦労する。

都々逸坊扇歌《せんか》という者が、上方で流行《はや》っていた『神戸節《ごうどぶし》』という俗曲をもとに、〝七七七五〟の独特の節回しで作ったものである。誰もが口ずさめる流行り歌となり、少し妖艶ではあるが、子供でも真似をするほどだった。

扇歌は、「貧乏人対策を怠って、重臣たちだけがおいしい思いをしている」と、幕政批判をした歌を作ったがために、江戸払いの憂き目に遭い、晩年は上方で過ごしたと言われている。

道頓堀に面した料亭『浜佐久』には、ぞろぞろと商人が集まっていた。その顔ぶれは、米問屋、酒問屋、薪《まき》問屋、木綿《もめん》問屋、絹問屋、薬種問屋、廻船問屋、両替商、掛《かけ》屋《や》などの株仲間の肝煎りをしている大店の番頭である。これだけの〝財界〟の重鎮が集まるのは、初めてのことではなかろうか。

仕掛け人は『堺屋』主人の文左衛門だが、その裏方として、研市があちこちに駆けずり回ったのである。

二階の広間に、三十人余りの番頭たちが集まって、まずは芸者衆の芸が披露されていた。そして、鉄次郎たち手代は控えの間で、酒膳を前にして、緊張の面持ちで座っていた。

控えの間からは、広間の芸者の舞や歌などを見聞きすることができないから、鉄次郎はなんだか蛇《へび》の生殺しの気分になってきた。

「お、おい……儂らは、お預けかい……」

鉄次郎が声を洩らすと、他の手代たちは、このような状況は慣れているのか、平然と酒を交わしたりしながら、高膳の刺身や煮物、焼き物に箸をつけて、品よく小声で話していた。

そんな中で、もうひとり新参者らしき若い手代がいて、

「どうぞ、一杯……」

おもむろに銚子を傾けてきた。

「私は、『淀屋』という掛屋の手代頭で、誠吉《せいきち》と言います」

「せいきち……嫌な名を思い出したでえ……もしかして、清い、吉か」

「いえ。誠に、吉です」

「なるほど。誠実そうな顔をしてるわい」

優男《やさおとこ》というのは、こういう男のことを言うのだろうなと鉄次郎は思った。色白で、役者みたいな繊細な表情を漂わせている。銅山にはおらん面立《おもだ》ちやと、鉄次郎はまじまじと見つめながら、

「で、〝掛屋〟てのは、なんや」

「え……」

一瞬、それも知らんのかという顔になったが、誠吉は酒を注《つ》ぎ足しながら、

「この大坂には沢山、色々な藩の蔵屋敷があります。年貢や特産物を扱う」

「ああ。うちの店の前にも、ずらりとあるわい。土佐堀川の向こうにな。やっぱり加賀百万石のは、でっかいなあ」

幕府の蔵物を〝入札〟して売る仕事を代行するのを、銀掛屋《ぎんかけ》といって、蔵元を兼ねるものも多かった。本来なら、諸藩の役人や蔵元が行うのだが、蔵米の引き当てとか、大名への金の融通などは、面倒で難しい仕事なので、掛屋が代行したのだ。

代金の受け取りなどについては、掛屋が蔵役人に報せ、預かり金を保管したり、国元や江戸屋敷へ為替《かわせ》で送ったりする。その手数料が、掛屋の取り分だが、札差同様

に、幕府や大名、その家臣を相手に〝金貸し〟もするようになった。

「そら、ややこしくて、めんどそうな仕事やなあ」

「はい。大名の蔵物とか米切手とかを扱うので、江戸で言えば、旗本や御家人の扶持《ふち》米《まい》を扱う札差《ふださし》みたいなものですな」

「札差て、なんや……〝おいちょ株〟でもやるんかいな」

花札を配る仕草をする鉄次郎に、誠吉はにこりと微笑みかけて、

「たしか、材木問屋『丹波屋』の鉄次郎さんでしたな」

名乗ってもいないのに、どうして知っているのかと鉄次郎は思ったが、すぐに誠吉は店で一度、見かけたことがあると言った。しかも、この座敷に参加する番頭と手代の名を記した名簿が配られている。知らぬ顔はただひとりだから、おのずと分かろうというものだった。

「さすがは、増川仙右衛門さんと昵懇のお人や。札差を花札と言うのは、豪儀ですなあ。でも、ここで開帳したら、お縄ですよ」

誠吉はにこりと笑ったが、好奇な目であった。

「待ってくれ。どうも、話がひとり歩きしとるようじゃが、儂……わい、いや、私は、そんな人は知りまへん。たしかに、船で一度だけ会《お》うたことはあるが、それだけ

のことや。顔も忘れたわい」

　本当は、あの堂々とした風貌は覚えているが、そう言った。

「まあまあ、そうおっしゃらず」

　さらに酒を注ぎながら、誠吉は続けた。

「増川さんは、大坂とも少なからず関わりのあるお方やし、清水の次郎長さんも、一度は無宿者《むしゅくもの》になったものの、今は立派な商人。元々、家業も廻船や米穀を扱う店やったらしいですしな」

「——そんな話は、どうでもええ……とにかく、私は関わりないから。それだけは、念を押しておく」

「そうなのですか？」

　少し残念そうな顔になる誠吉に、鉄次郎はキッパリと言った。

「そや。まったく、関わりあらへん」

「…………」

「そもそも、儂、いや私は、やくざ者が大嫌いでしてな。任侠だの何だのと言っても、所詮は人のものを掠《かす》め取って食うてるようなものや。汗水流して、まっとうに働くのが、ほんまの人間や」

「おっしゃるとおりでおます。私も同じ思いです」

と誠吉は、鉄次郎に話を合わせているのか、しぜんに酒を注ぎ足した。

そのときである。

隣の座敷で、わあっという嬌声と手を叩く音がして、

「それでは、そろそろ……今日の一番のお客に登場を願いまひょか」

という文左衛門の声がした。鉄次郎には耳に残る、嫌みな声である。

ゆっくりと襖《ふすま》が開いた。

上座には文左衛門がいて、その横に、ちょこんと正座をしている研市の姿が見えた。芸者と一緒に、ひょっとこ踊りでもしていたのだろうか、着物の裾を端折《はしょ》って帯に挟み、鼻の頭に丸く紅を塗っている。

金屏風《きんびょうぶ》の前には、艶やかな曙《あけぼの》色や渋めの山吹茶、気品ある蘇芳《すおう》など、色とりどりの着物や帯に包まれた芸子衆が数人、ずらりと並んでいた。

──あ、ああ……！

鉄次郎は声にならない声を洩らした。

芸子衆の真ん中にいる七菜香の姿が目に飛び込んできて、吐きそうなくらい胸が高鳴り、その場から逃げ出したくなった。

七

「な、七菜香……」

鉄次郎は、誰にも聞こえないくらい小さな声で、その名を呼んだ。

向こうから見えているかどうか分からない。だが、鉄次郎は思わず顔を伏せて背中を丸め、大きな体を縮こまらせた。

引き続き、文左衛門の声がした。

「今日、皆々様、各問屋仲間の肝煎番頭さんに来て貰ったのは、他でもない。今後の大坂商人のあり方、行く末を論じて貰いたいからですが……」

大坂には、享保年間にできた、『懐徳堂《かいとくどう》』という商人たちだけの学問所があって、幕府にも公認されていた。鴻池などの豪商が金を出しあって作ったのである。そこから多くの町人学者が出て、大坂の商売のみならず、庶民を教育するという大きな役目を担っていた。

そんな影響があって、番頭同士や手代同士が、公《おおやけ》に私に集まって、酒を酌み交わしながら、あるいは真剣に学びあうことが当たり前だったのである。

「まずは、かの『淀屋』の末裔《まつえい》にあたる御仁から、お呼びしましょう」

文左衛門が述べた『淀屋』という屋号に、居並ぶ番頭たち、そして隣室の手代たちの間から、どよめきが起こった。

『淀屋』は、かつて大坂で隆盛を極めた豪商中の豪商で、米相場を扱う米市を作って、様々な事業を展開して、莫大な資産を作った。初代の常安《つねやす》から、五代目の廣當《ひろまさ》まで、大坂を〝天下の台所〟にしたのは『淀屋』一族といっても過言ではない。

米市は幕府が許可したもので、諸国の米価を決める中心であり、現物ではなく〝米手形〟を使うことによって、取り引きをしやすくしたのである。後に、八代将軍吉宗が堂島米会所を設けるが、その原型となるものだ。

全国の収穫高三千石余りから、年貢や食べるものを引いたものが、大坂の米市で取り引きされるのだが、そのすべてを『淀屋』が扱っていたのだから、凄さが分かろうというものだ。

言當《ことまさ》、箇斎《かさい》、重當《しげまさ》と代々町年寄を務めるなど、町政でも重責を担ってきたが、五代目の廣當のとき、突然、なぜか闕所になった。宝永二年（一七〇五）のことで、当主が二十二歳の頃だという。

闕所とは私財没収の上、所払いであるから、廣當は大坂を追われて、江戸に落ち延

び て侘住《わび》まいをした。

幕府に取られた金は、二百数十万両という莫大なものだ。そして、二万坪余りの家屋敷、商売用の材木や運搬用の船から、初代から買い集められた書画骨董《しょがこっとう》、さらには大名への貸付金とその利子など、ぜんぶひっくるめると、五億両という想像を絶するものであった。現代でいえば、ざっと百兆円を超える。

なぜ、『淀屋』が闕所になったか、というのは謎である。

五代目当主の廣當はまだ若かったが、わずか一年余りの間に、数万両という大金を遊興に使ったことで処罰をされた。だが、その根拠は実に曖昧《あいまい》だった。

幕府が発した倹約令に背《そむ》いたからだというが、実際は、『淀屋』から借金をしていた大名を、救うためだったのだ。事実、その後、借金は棒引きになっている。

そんな『淀屋』は五代目で絶えている。分家筋は残ってはいるものの、末裔がいるとは俄には信じられなかった。

番頭たちは口々に、

「そんなバカなことがあるものか」

と洩らしたが、文左衛門に呼ばれて、芸者たちのいる金屏風の前に立ったのは、誰であろう、今の今まで、鉄次郎と話していた誠吉だったのである。

「今宵は、かような立派な席に呼んで下さり、皆々様、ありがとうさんに存じます。私は、淀屋三郎右衛門《さぶろうえもん》誠吉という者で、今は掛屋の『淀屋』の手代頭をしております。以後、お見知りおきのほど、宜しくお願い致します」

三郎右衛門は初代から名乗り継がれたものである。誠吉は丁寧に挨拶をしたが、番頭連中からは、緩やかな笑い声が洩れた。

「なんや、掛屋の『淀屋』かいな。冗談きついで。なあ、『淀屋』の番頭さん」

誰かが同意を求めたが、『淀屋』の番頭・伊之助《いのすけ》は恐縮したように、

「いえ。それが冗談ではおまへんのや」

「どういう意味です」

誰かが口を挟んで問いかけた。

「話せば長いことになりますが、誠吉がうちに奉公に来たときには、まだ十二歳で、持ち物などを色々と調べているうちに、お守りだの硯《すずり》だの、あるいは先祖が残した文だの……『淀屋』由来のものがありまして、五代目の忘れ形見から六代目やと分かったんですわ」

伊之助が説明をすると、他の番頭たちは口々に、

「嘘や。信じられへん」

「自分ちの屋号が『淀屋』ということで、箔《はく》を付けようって魂胆と違いますか」

「そやそや。『淀屋』は、四代目の重當様の番頭をしてはった人が、清兵衛《せいべえ》と名乗って、その後は、牧田《まきた》家に継がれたと聞いてまっせ」

と責め立てるように言った。しかし、伊之助は威儀を正して、

「それは私も承知しております。でも、ほんまのことなんです。証となるものは、また改めて、皆様にお見せするとして、このことはすでに、大坂東町奉行所にも、草薙さんを通して届けているところです」

「……だから、なんですかな」

別の番頭が膝を乗り出して、さらに訊いた。

「その誠吉さんとやらが、『淀屋』さんの流れを汲《く》むお方として、何をどうすると言われるのでっか」

「——そこからは、私が話しましょう」

立ち上がった文左衛門は、睥睨《へいげい》するように一同を見廻して、

「あなたたちは、大坂の大店中の大店の取り引きを任されている大番頭や。今宵の話はまだ、ここだけのことにして貰いたい。もちろん、主人にも内緒にしておいて欲しいのや。店を実際に動かすのは、あんたら番頭さんやさかい、まずは……」

番頭たちだけに話したいと切り出した。

文左衛門の話しぶりは、噺家《はなしか》のようで、妙に人を惹きつけるところがあるから、番頭たちのみならず、鉄次郎ら手代も、芸者衆も耳を傾けていた。

「これまで、幕府は棄捐令を出してきたせいで、私ら金貸しは大変な憂き目に遭うてきました……『淀屋』の五代目かて、大名が金を返せなくなったから、無理矢理、幕府に潰されたようなもんでっしゃろ……でも、結局、お武家は、また借金が溜まってきてます」

「そやな……」

誰かが溜息混じりで呟いた。

「だから、天保の御改革では、返済を二十年に延ばしたり、利子を下げたりして、旗本や御家人を救おうとしたが、結局、札差が損を被りました」

「………」

「そして、十一年前の〝無利子年賦返済令〟ですわ。その年には、オランダは幕府に開国を勧め、メリケン、エゲレス、オロシア、フランスらも軍艦を送ってきて、交易を迫ってきております」

「そうやな……」

アヘン戦争で悲劇的なことになっている清のことも、当然、番頭たちは知っていた。だから、いずれは日本も同じような憂き目に遭うと感じていたから、安政《あんせい》元年の日米和親条約では、正直、ほっとしたのである。しかし、他の四カ国とも同じような条約を結ばれ、事実上の〝開国〟となったのだ。

そのため幕府の屋台骨は軋《きし》みはじめ、江戸ですら、まだ倒幕の危機はない頃に、大坂商人たちは、必ず時代は変わると感じていた。事実、政情不安のため、物価が上がり、せっかく借金を棒引きした旗本や御家人が、今日の金にも困って、右往左往している。

「それが、現実なんですわ……で、新たな世の中はどうなると思いまっか」

「さあ……」

「私かて、はっきりとは分かりません。異国と戦をするのか、仲良くできるのか、それとも、まったく思いもよらぬ恐ろしいことが起こるのか……ただ、はっきりしていることは、この国の商人と異国の商人が、直《じか》に商いできるということや」

「…………」

「これまでは、幕府が独り占めしていたことが、誰でもできるようになる。そう考えたら、今のままでええのやろうか。江戸の金使い、上方の銀使いなどと言っててよいのか……おそらく、新しい金ができて、その新しい金で、異国の値うちのある金を、どんどん買い集めるようにならんと、あっという間に、異国に飲み込まれてしまうとちゃうやろか」

熱弁を振るう文左衛門の話を、番頭たちは吸い込まれるように聞いていた。

鉄次郎も同じだった。

——あのとき……儂の非を責め立てて、小狡《こずる》く、金を取り立てようとしていた文左衛門とは別人のようや。

と感じていた。

「幕府がなくなり、藩がなくなれば、どないなりますか。江戸からは札差が消え、大坂の蔵屋敷がなくなれば、掛屋がいらなくなる。そして、これまで蓄えてきた小判や匁銀《もんめ》も、値うちが下がるかもしれへん。下手したら、ぜんぶパーでんがな」

ざわつく番頭たちに、文左衛門はパンと手を叩いて、少し脅かしてから、

「——どないなると思う……？」

何人かの番頭に訊いたが、適切に答えられる者はいなかった。

「分からんのも無理はない。番頭さんの務めは、いわば藩の家老と同じ。営々と続いてきた藩ならぬ、店を守るのが仕事やからや」

「……………」

「そやけど、藩が潰れたら、家老が守るものがのうなるのも同じで、この国が潰れたら、守るものがなくなるやないか……そうならんように、先手先手で打っていかんとな」

「先手……？」

鉄次郎が思わず声を洩らすと、文左衛門は覚えのある顔を見やって、

「そや。そこのあんさん、鉄次郎さんだったかいな。どないします。指をくわえて、この前のあんたや美濃助さんみたいに、すんまへんとひたすら謝るだけでっか？」

「……………」

「異国は、和親条約やらを見ても分かるように、こっちに不利なものを押しつけてきよる。そやけど、それは商いからすれば、常道や。相手よりも、有利な条件で商いをするからこそ儲かるのやないか」

「儲かる……儲かる……ですか」

ただただ、鉄次郎は繰り返した。

「そや。こういうご時世やから、株仲間で固まって、己の商売仲間だけの利益を考えたらあかんのや。ひとつの大きな岩となって、堅牢《けんろう》に固めンといかん」

「では、その方策とは……」

鉄次郎が聞き返すと、文左衛門は待ってましたとばかりに答えた。

「今こそ、『淀屋』に蘇《よみがえ》ってもろうて、大坂じたいを、大きなひとつの国のように造りあげるのや。幕府が潰れようが、異国が乗り込んで来ようが、商売で互角に戦える町にするのや。そのためには、『淀屋』ちゅう、旗印がいるのや。幕府に潰された『淀屋』こそが、新しい世の中を作れるのや！」

そのために、『淀屋』の末裔を〝大将〟にして、強い商都にすると、文左衛門は弁舌を振るった。どこまでが本気で、どこからが法螺《ほら》か分からぬが、少なくとも番頭たちは、

――世の中が変わる。

と確信していた。これまでも感じていたが、どこかで考えを変えねばならぬと、自分たちに突きつけていた。

「さて、その方法だが……簡単に言えば、異国よりも強い金《かね》を持つことだ。しかし、金も銀もこれまで、幕府が外へ出し続けて、この国にはあまりない。さて、どうする……それには、新たな金を造り、それを異国よりも強いものにするしかないのや」

薩摩《さつま》では、嘉永四年（一八五一）から、西洋諸国の進出に危機感を抱いて、軍備を

整えるために、三十万両もの〝琉球通宝《りゅうきゅうつうほう》〟という貨幣を造った。文左衛門は、そのような新しい貨幣の必要性と、使い方などの詳細を、傍らに控えている研市に話させようとした。

途端、鉄次郎はすっと冷めた。またぞろ、〝薬札〟のように、いずれ値の上がる札を作って、人々に売るなどと言い出すのではないか——と思ったのだ。

ほんの一瞬、七菜香と目が合った。

濡《ぬ》れた唇がかすかに動いたようだ。目配せをしているようにも見える。

「……なんや」

ドキンと再び胸が高鳴ったとき、どやどやと階段を登ってくる足音がして、料亭の女将が座敷に顔を出した。

「大変です、『丹波屋』さん……季兵衛さん。旦那様が、徳右衛門さんが急に意識が遠くなって、心の臓が弱ってるらしいと」

「ええ!?」

大声をあげたのは、鉄次郎の方だった。

八

寄合を途中で抜けた季兵衛と鉄次郎は、韋駄天《いだてん》走りで、北船場の店まで帰った。

奥座敷では、町医者が徳右衛門の枕元に座っており、容態を見ていた。ゆっくりと息をしている徳右衛門の胸は、小さく動いていたが、生きているのか死んでいるのか、分からないくらいだった。

隣室や廊下では、奉公人たちが揃《そろ》って心配そうに見ている。『丹波屋』では下働きの女もいたが、厨房を預かる台所衆も男ばかりだから、むさ苦しい連中が集まっていた。中にはもう泣き出している者もいる。

「だ、旦那様……ひっく、旦那様……しっかりして……ひっく」

しゃっくりをしながら涙を流しているのは、詫助であった。

「おまえの方が大丈夫か」

と声をかけたいくらいであった。

「わて……旦那様に死なれたら、どうやって生きていったらいいか……」

「あほ。縁起でもないこと言うな」

美濃助が叱責《しっせき》した。だが、詫助は、しくしく泣きながら、

「そやかて、二親に棄てられ、身寄りのないわてを育ててくれて……丁稚にしてくれて…ひっく…おまんま食わせてくれて……ひっく、仕事、覚えさせてくれて……なんも恩返ししてへん……そやさかい、ひっく、旦那様……」

切なげに言った。その声につられて、涙ぐむ奉公人たちも多かった。

すると、布団から、ゆっくりと細い手を出した徳右衛門が、

――おいで、おいで。

と、柳のように振った。

すぐさま「私でっか」と季兵衛が枕元に近づくと、「違う、違う」と徳右衛門は手を振って、ゆっくりと目を開けた。

「……て……鉄……鉄次郎……こっちゃ、来い……」

嗄れ声で聞き取りにくいが、鉄次郎と呼んだことは、しんとなっている部屋だから、誰もが耳にした。進み出た鉄次郎は、

「はい。旦那様、何でございましょう」

「後は……た、頼んだで……」

「え……」

「この店……おまえが継げ……ええな……季兵衛と美濃助に助けて貰《もろ》うて……あ、あんじょう……頼むで……」

絞り出すような声で言うと、鉄次郎の手を握ろうとした。だが、指先が軽く触れただけで、がくりと落ちた。思わず手を取った鉄次郎は、その冷たさに愕然《がくぜん》となった。まるで、一度死んだ人間が生き返って、最期の言葉を吐いたように感じた。

「だ……旦那様……」

鉄次郎が改めて手を握りしめて嗚咽すると、美濃助も他の奉公人たちも、しぜんに声を洩らして泣き出した。町医者も改めて脈を取り、臨終《りんじゅう》だと告げた。

呆然と見ていた季兵衛は、信じられないという表情で首を振りながら、膝を進めて徳右衛門の許《もと》に擦り寄り、

「――旦那さん……あんまりでんがな……なあ、旦那さん……私は十二の歳に、この店に奉公に来てから、九年目の〝初登り〟もせず、お店のために働きました」

〝初登り〟とは奉公して初めて里帰りすることで、〝中登り〟は十六年目、〝三度登り〟は二十三年目に帰ること。そして〝隠居仕舞登り〟とは、番頭まで勤め上げた者が職を退いて、ようやく故郷へ旅立つことを言った。奉公人は年末年始と盆の二、三日しか休みはなく、生涯に三度しか親の顔も見ることができないのだ。

「私も、〝隠居仕舞登り〟に近づいてきました……何十年もの間、私はなんぞ、旦那さんに不義理をしましたでしょうか……気にくわないことをしたでしょうか……毎日、毎日、身を粉にして、ぼろぼろになって朝から晩まで、『丹波屋』のためだけに尽くしてきました……なのに……」

季兵衛は涙を喉に詰まらせたかのように、

「なのに、なんで……なんで、店を継ぐのが、ここに来てまだ三月にも満たない鉄次郎なんですかッ……あんまりやおまへんかッ。旦那さん！　何とか言うてくれなはれ！」

終いの方は怒りに満ちた大声になっていた。今にも徳右衛門の亡骸《なきがら》を摑み起こしてしまいそうな勢いだった。

「なあ！　旦那さん！　こんな酷い仕打ちはあらしまへんで！　怨みまっせ！」

激しい言葉を浴びせる季兵衛を、美濃助は諫《いさ》めるように肩に触れたが、

「放しなはれッ。おまえも知ってたんか。このことを」

「いいえ、知りませんでした」

「さよか。だったら、こんな遺言は意味はない。旦那さんが亡くなったからには、いや、亡くなったからこそ、この店は私が一切を仕切ります。よろしいでんな！」

奉公人たちの前で、季兵衛は毅然と宣言をするのだった。

表向きは穏やかに、つつがなく葬儀を済ませた季兵衛だったが、意外にも町奉行所と〝三町人〟から、

――今後は、鉄次郎を主人と認める。

という報せが届いた。

材木問屋仲間の鑑札の裏書きにも、主人の名が徳右衛門から鉄次郎に変わっていた。

納得できない季兵衛は、山村与助に直談判をしたが、徳右衛門が生前、町奉行所と〝三町人〟に正式な遺言として届けていたので、養子縁組も果たしており、それを認めたというのだ。

「そんなこと……一切、私は報されてまへんがな……これは、主人のほんまの思いとは違いまっせ。そや、美濃助の入れ智恵や。鉄次郎とぐるになって、店を我がものにしようと企んでのことや」

季兵衛はそう言って騒いだが、山村は同情しながらも、

「不服があるならば、町奉行所に訴え出たらよろしい。まあ、遺言は徳右衛門が書い

たほんまものやし、北船場一番組の惣年寄や問屋仲間肝煎も連署しているさかいな。ひっくり返すのは、難しいとは思うが」

と断じた。

それでも、季兵衛は腹に据えかねて、町奉行所に出向いて、訴状を出そうとしたが、草薙がしゃしゃり出てきて阻止した。

「なんで、邪魔をするのや、草薙の旦那」

「やめとけて」

「このまま店が鉄次郎のものになったら、旦那だって、困るンとちゃいますか」

「訴えたりしたら、もっと困る」

「え？　どういうことです」

「おまえは、もう散々稼いだやろ。報奨金でも貰うて、それこそ田舎にでも帰った方が利口だと思うぞ」

「……まさか」

思い当たる節があるのか、季兵衛は立ちすくんだ。

草薙も納得したように頷いて、

「店に未練なんぞ持つな。『丹波屋』は鉄次郎が継いだが、借金も継いだ……ああ、おまえが、主人に隠れて使っていた三万両もの借金だ……お白洲に出たら、このこともバレてしまうぞ」

「さ、三万両て……あれは、自分の贅沢のためやない。店のために、資材やら何やら調達するために使《つこ》うたものや。旦那に渡したぶんだって……」

「黙れ。借金まみれの店を継いで、どうするつもりだ。ババを踏んだのは、鉄次郎じゃないか。おまえは、知らん顔して、他の店にでも移ったらどうだ」

ババとは、うんこのことである。

「なあ、季兵衛。『丹波屋』は材木問屋としても、これからどうなるか分からんで。店のことをほっといても、おまえは長生きせい」

侍の草薙に上方訛りで言われると、からかわれている気もしたが、季兵衛はしばらく様子を見てみることにした。

一方――。

鉄次郎は、三万両もの借金があることに、愕然となっていた。主な貸し主は、『堺屋』であり、『淀屋』だった。堺屋文左衛門と淀屋の末裔という三郎右衛門誠吉の顔を思い出していた。

「あいつら……うちに多額の借金が残ってると知ってて、近づいて来てたのやな」

と鉄次郎は思ったが、この借金については、二番頭の美濃助も知らないことだった。

美濃助としては、この際、季兵衛を店から追い出して、一から出直して頑張ろうというつもりであったが、あまりにも大きな借金に、気持ちはどんよりと沈んだままだった。しかも、理由はどうであれ、季兵衛が一番番頭として、勝手にしたことである。

「もしかしたら、鉄次郎……旦那様は、これだけの借金があると知ってて、おまえに店を託したのかもしれへんな」

「儂に……」

「そや。おまえの得体の知れん、その力量に賭けたんと違うかな」

「そんなこと言われても……ほんま、商いの〝いろは〟も怪しいもんやからなあ……それに、商いについては、旦那様、何も教えてくれなかったし」

「まあ、多くを語る人やない。家訓かて難しいことは言わん。人様の悪口を言うな。自慢話をするな。身の丈にあった暮らしをせよ。これだけやさかいな」

「あれ……それ、どっかで聞いたことあるなあ……」

自分の先祖である〝切上がり長兵衛〟が残した言葉やと、鉄次郎は思った。

「そういえば、旦那様、ひとつだけ、儂に言うてくれたことがある」

「なんや」

「儂はどうも、儲け話ちゅうのが嫌いで、なんや嫌らしい感じがして、どうも商人には向きそうもないと、一度だけ、旦那様に泣き言を言うたことがあるのや」

「ほう……そうしたら……」

「儲けるという字は、〃諸人に信じられる〃と読める、ちゅうんです……たしかに、信じる者とも見えるし、人と諸という文字がひっついているようにも……」

「なるほど、そやな」

美濃助も納得して頷いた。

「そやから、儲けるちゅうのは、大勢の人の信頼を得てできるものやから、まずは信頼が先や。信頼を積むのは長い年月がかかるが、失うのは一瞬や。そやから、人を裏切らず、地道にこつこつとやることやと」

「ふむ……」

「山留と同じですわ。焦《あせ》らず、しかし、諦めず、こつこつと目の前の石を掘るしかない。商売もそう。こつこつと、人様の信頼という心を掘るのやなあ……そう思うと俄《が》然《ぜん》、やる気がでてきたんですわ」

「さよか。だったら鉄次郎。まずは私を信頼しなはれ。店に入って二月であれ、三月であれ、これから、あんたが『丹波屋』の主人や。私はあんたちゅう、先代が見込んだ神輿を担ぎ上げまっせ」

朗らかに言う美濃助に、鉄次郎は頷きながらも、

「でも、美濃助さんは妬まないのですか」

「なんで妬まなきゃならんのや。実は私も、旦那様と同じ気持ちだったのや……おまえは何かやらかす気がする……ほんま、世の中、明日はどないなるか分からんご時世や。せいぜいキバりましょうや」

そんなふたりを、少し離れた所から、他の番頭や手代、詫助たち丁稚も、温かい目で見守っていた。

ふっと四国の石鎚山のてっぺんを思い出していた。

「頂の向こうに何が見えるか、自分の足で登ってみんとな」

という声が背中でした。

ハッと振り返ると、研市がまたニマニマした顔で立っている。

「おまえが何を思い浮かべてたか、俺はよう分かっとるで。なあ、鉄。これからは、もっと仲良うしようやないか。この前の寄合の続きやがな、〝材木札〟ちゅうのを作

ってやな。例えば、杉札とか、松札とか。それを新しい金の代わりにして、値を上げて……」

淀屋にしろ、鴻池にしろ、住友にしろ、あらゆる豪商は〝投機的〟な商いはするなと家訓にもある。だが、研市はまだまだ夢を見ているのか、儲けの文字の意味を知らぬのか、掌を返したように、鉄次郎のことを持ち上げている。

嫌な予感がした。

しかし、その反面、なんだか気持ちが昂《たか》ぶって、まだ見ぬ自分の〝てっぺん〟にうきうきする鉄次郎であった。

店の表に出ると、北船場の大店や土佐堀川をゆく何百艘もの荷船や、その向こうに建ち並んでいる蔵屋敷などに燦々《さんさん》と陽が降り注ぎ、無数の人々の活気に満ち溢れていた。

一〇〇字書評

切り取り線

てっぺん

購買動機（新聞、雑誌名を記入するか、あるいは○をつけてください）

□（　　　　　　　　　　　　　　　　　）の広告を見て
□（　　　　　　　　　　　　　　　　　）の書評を見て
□ 知人のすすめで　　　　　　　□ タイトルに惹かれて
□ カバーが良かったから　　　　□ 内容が面白そうだから
□ 好きな作家だから　　　　　　□ 好きな分野の本だから

・最近、最も感銘を受けた作品名をお書き下さい

・あなたのお好きな作家名をお書き下さい

・その他、ご要望がありましたらお書き下さい

住所	〒				
氏名		職業		年齢	
Eメール	※携帯には配信できません		新刊情報等のメール配信を 希望する・しない		

この本の感想を、編集部までお寄せいただけたらありがたく存じます。今後の企画の参考にさせていただきます。Eメールでも結構です。

いただいた「一〇〇字書評」は、新聞・雑誌等に紹介させていただくことがあります。その場合はお礼として特製図書カードを差し上げます。

前ページの原稿用紙に書評をお書きの上、切り取り、左記までお送り下さい。宛先の住所は不要です。

なお、ご記入いただいたお名前、ご住所等は、書評紹介の事前了解、謝礼のお届けのためだけに利用し、そのほかの目的のために利用することはありません。

〒一〇一-八七〇一
祥伝社文庫編集長　坂口芳和
電話　〇三（三二六五）二〇八〇

祥伝社ホームページの「ブックレビュー」からも、書き込めます。
http://www.shodensha.co.jp/bookreview/

祥伝社文庫

てっぺん　幕末繁盛《ばくまつはんじょう》記《き》

平成24年2月20日　初版第1刷発行

著　者　井川香四郎《いかわこうしろう》
発行者　竹内和芳
発行所　祥伝社《しょうでんしゃ》
東京都千代田区神田神保町3-3
〒101-8701
電話　03（3265）2081（販売部）
電話　03（3265）2080（編集部）
電話　03（3265）3622（業務部）
http://www.shodensha.co.jp/

印刷所　萩原印刷
製本所　ナショナル製本
カバーフォーマットデザイン　中原達治

Printed in Japan ©2012, Koushirou Ikawa　ISBN978-4-396-33740-7 C0193

祥伝社文庫の好評既刊

井川香四郎
秘する花
刀剣目利き 神楽坂咲花堂①
神楽坂の三日月での女の死。刀剣鑑定師・上条《かみじょう》綸太郎は女の死に疑念を抱く。綸太郎の鋭い目が真贋を見抜く！

井川香四郎
御赦免花《ごしゃめんばな》
刀剣目利き 神楽坂咲花堂②
神楽坂咲花堂に盗賊が入った。同夜、豪商も襲い主人や手代ら八名を惨殺。同一犯なのか？ 綸太郎は違和感を…。

井川香四郎
百鬼の涙
刀剣目利き 神楽坂咲花堂③
大店の子が神隠しに遭う事件が続出するなか、妖怪図を飾ると子供が帰ってくるという噂が。いったいなぜ？

井川香四郎
未練坂
刀剣目利き 神楽坂咲花堂④
剣を極めた老武士の奇妙な行動。上条綸太郎は、その行動に十五年前の悲劇の真相が隠されているのを知る。

井川香四郎
恋芽吹き《めぶき》
刀剣目利き 神楽坂咲花堂⑤
咲花堂に持ち込まれた童女の絵。元の持主を探す綸太郎を尾行する浪人の影。やがてその侍が殺されて…。

井川香四郎
あわせ鏡
刀剣目利き 神楽坂咲花堂⑥
出会い頭に女とぶつかり、瀬戸黒の名器を割ってしまった咲花堂の番頭峰吉。それから不思議な因縁が…。